星座档案系列
Xingzuo dang'an

虫草

最后阵地◎著

十二个帅哥、十二种性格、十二种处事方式
独特的故事、独特的思维、独特的人生体验

十二星座帅哥轮番出场，谁，是你的最爱？

广西人民出版社

Chongcao

图书在版编目（CIP）数据

虫草 / 最后阵地著. —南宁：广西人民出版社，2009.8
（星座档案系列）

ISBN 978-7-219-06630-0

Ⅰ. 虫… Ⅱ. 最… Ⅲ. 长篇小说-中国-当代 Ⅳ.
I247.5

中国版本图书馆CIP数据核字（2009）第 090667 号

总 监 制　江　淳　彭庆国
策划编辑　马妮璐
责任编辑　马妮璐
责任校对　周月华　林晓明

出版发行	广西人民出版社
社　　址	广西南宁市桂春路 6 号
邮　　编	530028
网　　址	http://www.gxpph.cn
经　　销	全国新华书店
印　　刷	广西大一迪美印刷有限公司
开　　本	787mm×1092mm　1/32
印　　张	7.5
字　　数	120 千字
版　　次	2009 年 8 月　第 1 版
印　　次	2009 年 8 月　第 1 次印刷
书　　号	ISBN 978-7-219-06630-0/I·1170
定　　价	16.80 元

序言

星座帅哥·惊悚之旅

坦白说，如果可以的话，我真希望拿序言的标题当系列名……我的恶趣味真是不减当年（@_@）。

咳咳……首先，我要谈一下这个系列的构思。

在网络冲浪的时候，不小心撞到了这样一个帖子《十二星座之看恐怖片》，偶然又幸运地撞出了灵感的火花。

其实在网络上，以十二星座的不同个性来当主题的帖子非常多，什么十二星座接电话、十二星座上厕所、十二星座哪个最爱偷窥等等，但是那个帖子却让我脑海的上空出现了一道闪电。

　　我想，既然十二星座看恐怖片有着不同反应，那他们在面对同一恐怖事件时，应该会因为不同的个性而扮演不同的角色，互相比较的话一定非常有趣——至少比大家同时脊梁发冷、手脚颤抖要有趣得多吧？

　　因此，这个以星座人物为主要角的惊悚系列就轰然诞生了。

　　　　　　　　　　　　　　　　　最后阵地

星座同盟·相关简介

独角兽大学：亚洲两大财团联合投资的大型综合性大学，通过联合国教育部的审批，位于G市郊区森林，整个校园的建筑完美融合了欧洲建筑的雅致和罗马建筑的大气风格。校内学生大多为贵族、富商、高干子弟和资优生。

星座同盟：独角兽大学众多社团中最有名、最耀眼的社团，由教授王剑组织和领导，吸收具有过人才能和发展潜力的社员。为了避免出现拉帮结派的现象，整个社团包括社长在内仅十二名社员，代表十二星座。

白羊座： 欧阳行烈，二十岁，大三体育系，火力篮球队队长，外号"军事狂"。

金牛座： 陆旭，十九岁，大二营养系，热爱文艺和厨艺，外号"特级厨师"。

双子座： 慕容冠寒，十九岁，大二商务管理系，交际名人，外号"墙头草"。

巨蟹座： 宋凯，十八岁，大一会计系，园艺方面的创新者，外号"家里蹲"。

狮子座： 王剑，三十三岁，经济学教授，星座同盟三代社长，外号"老大"。

处女座： 白伊洁，二十一岁，大二外语系，精通十门外语，外号"欧巴桑"。

天秤座： 慕容飘零，二十岁，大三音乐艺术系，第一爱美，外号"美人鱼"。

天蝎座： 艾霖，二十岁，大二考古系，西班牙公爵之子，外号"吸血伯爵"。

射手座： 云箭，二十岁，大二体育系，田径项目十项全能，外号"动漫迷"。

摩羯座： 凌寂，二十一岁，大三人力资源管理系，学生会副会长，外号"包公"。

水瓶座： 陶逸，十四岁，大一生物系，在学校里年纪最小，外号"小魔怪"。

双鱼座： 叶吟，十九岁，大一中文研究系，知名畅销书作家，外号"有病"。

虫草寄生体

CONTENTS

目 录

虫草寄生体

CONTENTS

楔子一　浮　尸

"潺潺……"

"咕咚……"

"哗哗……"

"扑哧……"

各种各样的水声不绝于耳。

苍茫的月光下是一片暗绿色的水面。水面上隐约可以看见一些建筑物的顶部。

水质浑浊，水里有许多漂浮物。

凌乱的纸张、塑料垃圾桶、大量的树叶、不知道哪里来的木片、还没拆开包装袋的方便面、脏得认不出颜色的连衣裙……

其中，有一个漂浮物异常显眼。

那是一张长长的会议桌，桌面朝下，倒竖着四根桌脚。说它显眼是因为它移动的方向跟其他漂浮物不一样。

而且，会议桌上竟然盘膝坐着一个白衣少年，他脸色惨白，脸颊带着斑驳泪痕，两手拿着一个白色的塑料板告示牌——告示牌上隐约还能看到上边印着"保持安静"四个红色的字。

少年把会议桌当船，告示牌当桨，有些笨拙地划着船，激起有规律的浪花声。

忽然，他全身一僵，浅灰色的眸子流露出浓浓惧色。

浮尸……左前方有四具浮尸随着水流正朝这边漂来！

浮尸的长头发在水中一荡一荡，好像是来自地狱的黑色水母。

少年的眼角不由自主抽搐起来，他猛地打了个激灵，然后用桨拼命朝右划去，心里只求离那些浮尸远远的——尽管像那样的浮尸对他来说已经是屡见不鲜了。

右前方有一个通信塔，刚好露出水面的天线盘像一个巨大的陀螺。

少年把船划到那边靠着通信塔停住，好让自己可以歇息一会儿。

就在他调整呼吸的时候，天线盘上的阴影里蓦然露出一双手。

有着关节的十根手指，这双手明明是人类的手，怪异的是，手指背面长着坚硬的绿色刺针，它们透着恶意和阴暗的气息，不声不响地伸向少年的后脖子……

这时，少年感觉船在慢慢地移动，低头一看才发现水流被通信塔的巨大支柱挡住后，在周围形成一个小旋涡，正是这个小旋涡带动着船。

他举起桨，想把船给划回原位，没想到桨碰上了那双正想要偷袭他的神秘之手，他条件反射地掉头一看，顿时大吃一惊，下意识地把桨往回抽，却拉不动——桨被神秘人紧紧抓住了！

神秘人想将少年给拖到天线盘的凹面上，可是没想到少年另一只手牢牢抓着桌子脚，一下使尽全力也拉不上来，重心不稳，反倒因为反作用力把自己身体给扯了下去。

“扑通！”水花溅起。

神秘人掉到少年身后，由于两人都在船的后半部分，导致船体受力不平衡，船头立即朝上翘起来。神秘人的身体迅速向后滑去，慌忙中侥幸抓住了一个桌脚，但是下半身已经浸到了水里。

"哼！想吃我！去死！去死！去死……"

叫骂的同时，少年抡起手上的告示牌疯狂地敲向神秘人的头。

"嗷……"神秘人痛苦地号叫起来，放开了抓住桌脚的手，"扑通"一声，整个人背朝天地摔到水里，胡乱挣扎了一阵，只冒出几串气泡，然后就再也没有动静。

惊魂未定的少年放弃了休息，拿起桨把船从天线盘旁边撑开，然后朝着北边的山林快速划去。

渐行渐远，少年和船最后都消失在夜色中，只有水面还荡漾着一圈圈涟漪……

楔子二　来自山林的巨响

"哐啷！"

当第一缕晨曦划破昏暗的天际时，一号男生宿舍的楼门被打开了。

一个人影从门后闪出来。

那是一个身材挺拔的青年，穿着蓝白色紧身运动短袖衫和短裤。头发整个往后梳，还用上了大把的发胶，让头发凝结成刺针，四十五度地指向天空。

"我的名字叫云箭！我是要成为奥运冠军的男人！奥运冠军我当定了！"

最近这段时间，一个人晨练的时候，云箭总喜欢这样给自己打气，可能是因为不久前迷上《海贼王》的缘故吧。

穿过足球场，云箭来到了体育馆门口。

一个星期后，市里的大学城将举行大学生运动会，而在田径类的几大项目里，从初中开始就频频在校运会领奖台上露面的云箭被公认为本校最有希望夺冠的人选。

所以，体育部的老师不但给他配了一把体育馆的钥匙，还专门腾出一个宽敞的房间给他用来单独练习。

打开练习室的门，走到单杠前，他一跃而起，抓住单杠，先是小幅度地摇摆了几下身体，然后挺直身体，握紧单杠把身体往上拉。

拉上、吐气、放下、吸气、拉上……

突然，耳朵捕捉到了几声"啪啦啪啦"的闷响，从不远的地方传来，似乎还穿越了几道屏障。

听起来很像……很像是放爆竹的声音。

正当他纳闷到底哪个家伙一大早在学校里放爆竹扰人清梦的时候，耳朵又捕捉到了新的动静。

"轰——隆——隆！哗啦——"

云箭还没明白那震天巨响是怎么回事，几乎是同一时间，手中的钢管传来一阵颤动。

激烈、急促又无特定频率的颤动……那一瞬间的感觉极似触电！

云箭立即松手。双脚落地后他却无法站稳，整个身

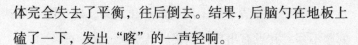

体完全失去了平衡，往后倒去。结果，后脑勺在地板上磕了一下，发出"喀"的一声轻响。

云箭痛得闭上眼睛，他偏过头，然后一动不动。

十几秒后，感觉稍好一些，他才用手捂着受伤的后脑勺，挣扎着站起来，感觉身体一切正常，除了后脑勺有点肿痛外。

"奇怪！刚才那个震动和响声到底……难道是大虚？"不知道为什么忽然联想到《死神BLEACH》上去了。

云箭曾经在高中时代见过一次炸楼实况，底层的地基被炸药集中性爆破后，就稀里哗啦地往下塌。在近距离听到，那个声音实在称得上是震耳欲聋，但是跟刚才的声音比起来还是逊色了几分。

难道发生地震了？惊疑的感觉迅速占据了云箭的心房。

地震的时候要离开房子往空地跑，这是常识。

云箭连门也不关，拔腿冲出了体育馆，然后在空无一人的足球场上停下慌乱的脚步。

这时，朝阳已经在山顶露出头来，奶白色的雾气开始逐渐消散，天地间仿佛被蒙上了一层随风荡漾的薄纱。

云箭渐渐看清了周围的树木和建筑物，跟平时看到的差不多，并没有出现树倒楼塌的景象。

朝各个方向扫视，云箭的视线忽然在体育馆所在的方向定住。

一双黑白分明的眼睛倏地瞪圆，瞳孔迅速扩大……

体育馆后边，隔着一道高墙，那是一片墨绿色的山林。这时，透过薄薄的雾气，隐约可以看到山顶上有一个横卧着的巨影。

那个巨影上边斜立着很多类似刺针的东西，越看越觉得像是一只刺猬。

可是……怎么会……怎么会有一只身体有十几层楼高的刺猬？

小时候狂迷咸蛋超人的云箭不禁吞了吞口水，深吸一口气，张开嘴巴，"喀"的一声，两排牙齿撞击到一起："哇咧！外星怪兽降落地球了！"

同一时间。山林某个角落。

七个都穿着脏兮兮吸汗背心和粗布长裤的男人终于松了口气。

一个小伙子看向其中的老头，问道："老爹，今天就干到这里吧，剩下的，明天我们叫上大队人马再继续好啦——哎呀，今天算是长经验了，只干两个多小时，居然比我平时干一整天还累。"

老头提起工具包，呵呵笑道："小高，怎么才一会儿工夫就喊累了，你这二十出头的小伙子还不如我这个七十多岁的老头子呢。"

"老爹，话不能那么说，这会打击到新人对我们这行的信心啊。"一个抽着烟的黑皮肤男人慢悠悠地说，"我自己都觉得今天这两个多小时累得够呛……单单说钻孔，如果我没这双练了十几年的手臂，恐怕还撑不了半个小时。"

"嗯，这倒也是，今天这活确实挺不一般的。"

凝视着那棵一百八十多米高、十多米粗，三分钟前才倒下的巨树，老头摇了摇头，叹道："干这行这么多年，伐树要用上炸药和雷管的经验一只手就可以数得过来。"

"也是没办法，这棵老树据说已经长了几千年，树干木质硬得像铁块，要不是用钻头打孔，把炸药和雷管放到树干里边去，单用电锯和斧头根本动不了它……要处理这棵树，收尾工作还多着呢。"黑皮肤男人又说。

一直坐在旁边休息的戴草帽的中年人忽然开口："话说回来，刚才搞出那么大的动静，不就把那些大学生都给吵醒了吗？这样真的没关系？"

"肯定全都醒啦，不醒的肯定是聋子。"黑皮肤男人咧嘴说道。

一帮男人谈性正浓，却被老头给打断了："够了！又不是上茶楼喝茶，还想待在这里啰嗦到什么时候？都马上收拾工具，下午还有很多事要做，不要拿宝贵的时间讨论那些有的没的！"

小伙子耸了耸肩，听话地把工具收好。其他人也跟着行动起来。

草帽中年人环视一周，道："哎！你们谁看见斧头了？"

"刚刚不是还在这儿吗？"小胡子男人随口说道。

"斧头！"小伙子不管三七二十一大声叫唤起来。

"哎！我在这里！"前方不远处的树丛后传来回应。

"你给我滚出来！"草帽中年人有些暴躁地叫道。

顷刻，地面铺垫的落叶沙沙作响，一个身材高大的少年从一排倒塌交错的树枝中钻出来。

"白痴，跑到那边干什么？"草帽中年人没好气地责怪道。

"老爸，我只是想拍拍照嘛……"少年晃了晃挂在脖子上的数码相机，"这次是大工程，我觉得应该拍几张照片留个纪念。"

"你……"草帽中年人正要数落莽撞的儿子，却不料被黑皮肤男人搂住肩膀，后者笑吟吟地对少年说道："斧头，来，给大家拍几张合照吧！老爹、老杨、老黑……你们都过来吧！"

换几个不同角度拍完了六七张合照，老头终于按捺不住，催促大家快点检查有没有遗漏东西，没有的话就马上离开这里。

回去的路上，斧头跟小伙子并肩走，他们是伐木工队伍里的年轻成员，背负的工具也最重，所以走在队伍的末尾。

"高大哥，我告诉你哦，刚才我在树桩那边拍照，发现了个奇怪的东西……"斧头用神秘兮兮的语气低声说道。

"哦？那你刚才怎么没说出来？"小伙子的目光一荡，心中立即充满了好奇和幻想，"是不是什么宝物啊？"

"不是宝物啦……"斧头腾出一只手去取数码相机，翻开显示屏，把刚刚拍到的几张照片连续播放给小伙子看。

小伙子大失所望，有点心不在焉地说："那一团绿色的东西是什么？黏糊糊的看起来很恶心……"

"好像是一团虫卵，是从树心里滚出来的。你不觉得很奇怪吗？那棵老树的质地那么硬，用电钻打孔都要两个多小时，什么虫子能钻进到树心里去？"

斧头略微思索又接着说道："而且，如果树心有虫，虫子在里边繁殖，那整棵树不是全被蛀了吗？怎么可能还保持那么茂盛翠绿的样子……"

"那团虫卵后来怎样了？一脚把它给踩烂了吧？"

"没有。"斧头皱起眉头，"我本来想用塑胶袋把它包起来带回去的，可是不知道为什么，我才刚把它拿起来，那团东西就射出了水来——啊！真是比大便还臭！我用手去捂鼻子，塑胶袋就不小心掉到山坡下边去了——那时刚好听到你和老爸叫我，我只好回来了。"

"斧头，你想太多了，我们是砍树的，防虫这种事情自然有人研究，我们就不掺和了吧——对了，下午的活一定会干很长时间，你要多带点吃的东西啊。"

斧头也不专注于讨论自己的发现，毕竟那种兴趣只是一时玩兴，三分热度而已。

"怎么又是我带啊，很重的耶。"

"这就简单啦，我们在路上偷偷吃点，不就轻了嘛。"小伙子奸笑着小声说。

"啊！原来是你这家伙！难怪每次分饭的时候菜总是不够啦！"斧头鄙视道。

随后，两人勾肩搭背，狼狈为奸地笑起来……

山坡下的一处芦苇丛。

一束阳光透过枝叶的缝隙照在一团绿色的球团上。

球团由无数细小的圆形卵组成。

似乎是因为感受到了热量，圆形卵半透明的绿色外壳一点点膨胀起来。

几分钟后，膨胀停止。

外壳逐渐硬化，颜色同时淡化，最后变成白色。

慢慢地，白色的硬壳陆续出现细小的裂缝。

一条、两条……

第一章　异　　物

独角兽大学。第七校区。七号宿舍楼304寝室。

睁开惺忪的睡眼，阮小小像一只毛毛虫般从床尾蠕动到了床头，然后抓出藏在枕头下的企鹅闹钟……哇，已经傍晚五点了！

这个时候，隔着薄薄的白色窗帘，可以看到天色微暗，阳光昏黄，看起来要说像傍晚确实没错，但是也不排除是早晨的可能。

不过，如果有人敢以一套欧莱雅护肤品为赌注来跟阮小小打赌的话，她肯定会答应的，而且十分肯定现在是傍晚。

原因很简单，因为早晨她已经醒过一次，那个时候闹钟显示的时间是五点二十分。

昨晚去参加一个同学的生日会，大家一起唱K唱到十二点，然后又到附近的烤肉店吃喝到凌晨三点多，这才结伴回到宿舍。因为今天是星期六，不用上课，所以不用担心一早会起不了床。

那么晚才回来洗澡睡觉，按道理应该睡到中午才醒的，可是一大早就被那一声惊天动地的巨响给震得从床上摔下来。

当时，受到惊吓的阮小小顾不上整理仪容就慌慌张张地披着一头乱发从房间里冲出来，其他三个舍友也是刚刚冲出房间，大家脸上都挂着一副大惊失色的表情。

阮小小忽然发现，那三个原本不擅长运动的女孩子，一时间争先奔走，竟然个个灵活得像猴子一样。

其中有一个女孩子只穿着拖鞋和睡衣就跑了出去，另一个女孩子赶紧回房间收拾值钱的东西，而第三个女孩子打电话想问清楚是怎么回事。

记忆中，那声巨响就是从这个方向传来的。

靠着阳台的栏杆，放眼眺望，只见离宿舍大概半公里远的一个山头，山上那棵被称为"永恒之树"的大树竟然倒了，而且倒下后还压坏了一大片树林。

"永恒之树"可是学校里的三大浪漫传说之一啊！

建校十年来，不知道有多少学生恋人在"永恒之树"的树干上留下了爱情的誓言，每当假日还有不少已经毕业的学长学姐回来睹物思人，怀念过去的甜蜜时光呢……"永恒之树"在学生们心中的地位，就好比是独角兽头上那只角，属于神秘和高贵的所在。

想想，如果独角兽的角不见了，那看起来不是跟马儿没什么两样了吗？

阮小小还幻想着，哪一天遇到了自己的真命天子，一定也要跟他一起在"永恒之树"上刻上彼此的名字和爱情的誓言，可是今天"永恒之树"一倒，以后就没有实现的机会了。

想到这里，阮小小不禁有些黯然神伤。

就在整个宿舍区里喧嚣起伏、人心涣散的时候，宿舍门口的扬声器发布了一个令人咋舌的通知：

"各位同学，早上好！请不用紧张，刚才的响声是因为山上施工队砍倒了一棵大树，如果因此对各位的生活作息造成了一些不好的影响，学校在此向各位郑重道歉。大家请放心，大型施工已经告一个段落，今天不会再发生类似的事件，希望大家保持秩序，不要惊慌，如果发生意外请拨打求助电话……"

本来应该十分困倦的阮小小，却因为这出插曲难以继续入睡，只好请舍友下去帮买早餐，然后把自己丢到客厅的沙发上，抱着枕头看电视。

没什么感兴趣的电视节目可看，阮小小于是跑到阳台的躺椅上，看着渐渐变白变蓝的天空，沐浴着早晨温煦的阳光，时不时打个哈欠。

她忽然叹了口气，想起昨晚在KTV里，朋友带来的那个长发帅哥，歌唱得一般，但是说话风趣，还会变扑克牌魔术，听一个同学说，他是学校里的情歌王子和交际名人，名叫慕容冠寒，读大二商务管理系，是星座同盟的成员之一。

虽然阮小小是这个学期才刚进校门，待了还不到半个月，但是大名鼎鼎的星座同盟却听很多人说过。

据说，那个社团简直就是超级帅哥、气质美男、风流才子和贵族公子的超级组合。

当然，那四类人物在独角兽大学里并不稀罕，只是最有才气最有看头的那些都集中在星座同盟里，仿佛鹤立鸡群，更是显得不凡。

早就慕名，自然很想去认识一下。阮小小可不是害羞的女孩子。然而可恨的是，当时有几个讨厌的臭三八围着慕容冠寒坐，自己想靠近，却老是被她们从中破坏，真是越想越气……那么好的机会白白浪费了！

不过气归气，没必要放在心上，吃完早餐后，一股强烈的倦意涌上大脑，阮小小跑回房间，倒在床上抱起被子，迷迷糊糊又睡过去了。

下午醒来的时候，宿舍里只剩下她一个人。

她知道，有两个舍友已经交了男朋友，这个时候大概是跟男朋友在某个食堂或者餐厅里吃饭。而另外一个舍友是乖乖女，应该买了面包和牛奶提前去图书馆的自习室占位置去了。

啊……感觉喉咙好难受。

她咽了一口口水，可是那种感觉却更加强烈，一阵恶心，张嘴就想吐。

难道是因为昨晚吃了太多烤肉，喉咙上火了？

她打算等一下到药店买一瓶川贝枇杷露回来喝，以前她喉咙不舒服的时候妈妈就给她买这种药，很甜，而且效果不错。

梳头、洗脸，然后刷牙。

刷牙，多么简单的一件事情，可是对现在的阮小小来说却极为困难。

因为她只要一张嘴，就感到喉咙里有东西扎到她的咽喉黏膜，又疼又痒，想吐吐不出来，想吞又吞不下去，非常难受。

阮小小从来都没遇到过这种情况，不知道该怎么办才好，心里一急，泪水涌出了眼眶。

她鼓起最后一分勇气，吐掉嘴里的牙膏泡沫，漱口，对着镜子想把喉咙里的东西看个清楚。

洗手间里的日光灯瓦数比较低，而且位置又是在天花板上，照不进喉咙里。

她跑回了自己的房间，打开日光灯，又打开窗户，然后坐到梳妆镜前，让自己的头离镜子只隔着一只手掌的距离。

她惶恐不安，迫切想弄清楚喉咙里多出来的"异物"是什么东西。

尽管张开嘴巴依然疼痒交加，但是为了弄清真相，她还是强忍着把嘴巴张大到了极限，并且做出"哈气"的动作，让喉咙连接口腔的管道膜张开。

这时，她清楚地看到喉咙里……真是难以置信！竟然会是……那种东西！

阮小小如蜡像般保持静止不动，十几秒后，嘴巴开始无意识地缓缓收拢。

当嘴巴闭起来的瞬间，她白眼一翻，整个人往身后的床上倒去……

同一时间，体育馆一楼的篮球场。

为了获得大学生运动会的学校篮球代表队资格，场上，红牛队和火力队的比赛从开始的奋力对抗进入到现在的白热化状态。

"想盖我的帽你还是投胎去等下辈子吧！"

穿着红色篮球运动衣的欧阳行烈大喊一声，跳起灌篮，把对方守在篮下的中锋撞飞，最终球进了，但是试图拦截他的中锋却重重地摔在了球场上。

那个中锋的脸色涨红，面部肌肉扭成一团，双手颤抖，两条腿弯曲着，仿佛一个被丢弃的扯线木偶，完全失去了行动能力。

红牛队的队员们凑过来，发现中锋的左腿似乎受了重伤，有可能是骨折。

队长张天明顿时傻了眼，没有了镇守篮下的中锋林木，后边的比赛可怎么打！

裁判在旁边看着，但是并没有吹响哨子，没有判欧阳行烈撞人犯规。

这时，欧阳行烈转过身来，用手擦去脸上的汗水，然后仰起头露出下巴，以不可一世的笑容迎接观众们的加油声和掌声。

一米八八的身材在篮球场上依然抢眼，宽阔的肩膀，瘦长的四肢，线条优美的肌肉，还有仿佛燃烧着火焰的双眼，让场边的拉拉队和观众席里的女生们尖叫不已。

　　此人就是星座同盟中的白羊座，今年二十岁，大三体育系，火力篮球队的队长。

　　站在第一排观众席前边，同是星座同盟的射手座云箭，边鼓掌边喊道："欧阳，酷！刚才的动作好厉害，有流川枫的风格，突破和进攻堪称完美！"

　　云箭今年二十岁，大二体育系，是欧阳行烈的学弟，也是星座同盟的成员——射手座。因为两人都热爱运动，在社团里算是比较投契的社友。云箭取消今天下午的练习，就是特地来给欧阳行烈加油打气。

　　云箭旁边座位上坐着一个小孩，在满是年轻人的观众席中显得格外突兀。

　　那个小孩个子瘦小，鬈发，长着一张漂亮的小圆脸，穿粉红色的短袖外套和休闲短裤，脚上却穿着一双黑色的军式长靴，这样的搭配让人感觉格外另类和前卫。

　　不过，最特别的还要数他的眼睛，左眼是深邃的黑色，右眼在灯光的照射下却反衬出半透明的浅灰色。

　　该小孩同样是星座同盟的成员，水瓶座，名叫陶逸，今年只有十四岁，大一生物系。

　　陶逸对篮球比赛可没什么兴趣，今天到这里是专程来看拉拉队美女的。

忽然，他嘿嘿笑道："动漫迷，军事狂很快就有麻烦了。"

"动漫迷"和"军事狂"是陶逸分别给云箭和欧阳行烈取的外号，因为云箭很喜欢看日本动漫，算是运动外的最大兴趣；而欧阳行烈在球场上彪悍凶狠的样子，像是想把敌队全杀光似的。

云箭转过头去，问："小魔怪，你这是什么意思啊？"

小魔怪是星座同盟其他社员给陶逸取的外号，因为陶逸很喜欢给别人套外号，大家于是礼尚往来。

陶逸用手一指，云箭定睛一看，马上就明白那是什么意思——球场上两队人马摩拳擦掌，摆好了阵势，一触即发。大概是红牛队对裁判没有判欧阳行烈撞人犯规借机发难。

事不宜迟，云箭马上就想到了另外一个社友——双子座的劝架高手慕容冠寒，拿出手机拨号，听筒那边却很快传来"你好！我现在有点忙哦，如果有事请留言……"的自动应答。

陶逸看到云箭脸上露出失望的表情，道："墙头草那家伙电话频繁，为了避免打扰，在跟女孩子约会的时候就会把手机设置成语音留言。"

无奈之下，云箭只好问道："那你看该怎么办？"

"办法有啊，不过……可能需要你做一些平常你不愿意做的事。"陶逸笑得眼睛弯弯的很像狐狸。

"什么事需要我去做啊？尽管说吧！只要我办得到。"

陶逸让云箭靠过来，对其耳语和指点了一番，云箭迟疑片刻，最后还是点头答应了。

"试试看吧，我现在就去啦！"云箭跟陶逸打了声招呼，然后一个转身就急匆匆地钻入了场边围观的人群里。

陶逸满脸笑容地扭过头，笑得嘴角都快咧到耳边了，他朝云箭背后高喊一声："动漫迷，我看见了，真的看见了喔——幸运女神就站在你身后！加油！"

半分钟后，云箭就来到了陶逸所指的那个女孩子身后的人群中。

就在云箭已经算准时机，全神贯注，正要出手的时候，蓦地有一只手在他左肩上拍了拍，高度紧张的他顿时嘴巴大张，差点叫出声来。

云箭快速回过身来，见到拍自己肩膀那人，浑身战栗起来，瞬时吓得七魄不见了六魄。

虽然那人比云箭还矮一点，身材也没他壮实，可是此时此地，他却感觉自己还不及人家膝盖高，仿佛人家随便一脚就能把自己给踩死。

因为此人正是协助学校领导管理学校秩序的学生会副会长——凌寂！

白衬衫、黑西裤、黑皮鞋，这是典型的学生会制服，但是穿在他的身上却气势十足。

凌寂是星座同盟中的摩羯座，今年二十一岁，大三人力资源管理系。陶逸给凌寂取了个叫"包公"的外号，那可不是随口胡扯的。

虽然自己还没来得及做出违反校规的事情，但是做贼心虚的云箭见到凭空冒出的凌寂还是不由得一阵心慌意乱。

"什么都不用说，我进来的时候看到陶逸跟你耳语，他给你出了什么馊主意？"凌寂面无表情。

"社长，太好了！你来了我就不用出手了！"云箭叫凌寂"社长"，那是一种习惯，因为凌寂不仅是学生会副会长，也是星座同盟的副社长。

"出手？"凌寂眯起眼睛，眉头一皱，问道，"出手是什么意思？"

"他……他说那个……让我把前边那个女孩子背带

给扯开，转移大家的注意力……"云箭低着头很不好意思地说。

"胡闹！从现在开始，这件事情交给我处理，你不要再做多余的事。"凌寂说罢就朝前边走去，由于看到他的出现，前方的人早就恭敬而迅速地让出一条道来。

走到球场上后，他又回过头来，对灰头土脸的云箭道："你也过来吧！"

云箭如蒙大赦，兴奋地答应一声，一个箭步追了上去。

几个眼尖的篮球队员看见凌寂出现，呼吸一顿，赶紧低声叫唤，通知其他队友。

一时间，好像北风掠过芦苇丛一般，正在对峙的两帮人马，身体一晃，纷纷转过脸来，惶然的表情还没来得及完全绽放就全都凝固在了一张张脸上。

凌寂来到众人面前，闷声不响，从左边走到右边，又从右边走到左边，用目光将聚集在一起的人群挨个打量。瘦长的双腿在黄色的篮球场地板上晃来晃去，晃得人眼睛都快花了。

大约过了一分钟光景，凌寂停下脚步，站直身子，两手反剪在背后，终于开口打破了凝滞的空气：

"《校规手册》第七十一页，第七章第六条规定：

凡是在校内聚众斗殴者，按情节轻重程度，分别给予大过、小过处分和留校察看处分，带头者给予两次大过处分，并且通告全校。另外，如果是发生在教室、图书馆、体育馆等人群密集的地方，处分加倍！"

凌寂用的是朗读的声调，声音充满了磁性，一个个字都像飞刀一样插到两队球员们的耳朵里，众人无不动容。

两个队长忍不住跳出来，双方各执一词，吵得不可开交。

凌寂的目光在两位队长愤愤不平的脸上转了一圈，正色道："关于球员受伤这件事，学生会会立案着手调查，相信很快就可以搞清楚事实的真相，到时候我一定给大家一个满意的交代。

"至于比赛，如果两队愿意继续比赛，那么比赛继续，如果不愿意，我可以向组委会申请，保留比赛的分数和剩余的时间，延后几天再继续未完成的比赛。"

等了等，见没人吱声，又补充一句："还有其他什么意见吗？"

对于调查的事情众人自然没有什么意见，因为大家都知道，凌寂以处事公正而闻名，不会偏袒任何一方。

而对于第二个提议，两队队长分别召集各自的队员们开会，几分钟后，两队的队长都郑重表示，无论如何也要在今天一较高下。

为了避免在比赛剩余的几分钟里两队再次发生冲突，凌寂决定留在现场监督。

另外，他叫人把那个受伤的球员送到保健室检查，吩咐云箭跟着一起去，等校医检查出结果后马上打电话把结果告诉他，并且让校医复制一份诊断报告，让云箭带回来给他。

虽然很想留下来把比赛看完，但是社长的话又怎能不听？云箭点点头，受命而去。

四号办公楼一楼的一号保健室。

把伤员林木送到这里后，抬担架来的两个球员急着想知道赛况，很快就回体育馆去了。云箭答应好好照顾他们的队友，有事就通知他们。

值班的医生姓刘，三十出头，戴着厚厚的近视眼镜，穿着白色长袍。

林木被送上病床后，刘医生就开始给他做检查。

"刘医生，这位同学的伤势怎么样？"

云箭忍不住问，因为在他记忆里，当时那个中锋只是因为欧阳行烈的冲撞导致身体失去平衡，落地后顶多会扭伤脚，怎么会摔断骨头呢？

该不会是……故意在演戏吧？

可是刘医生的回答却让云箭大为意外，"左腿整个都骨折了……嗯，很奇怪，好像是粉碎性骨折。"

"啊！不可能吧？怎么会有这种事？"云箭感到难以置信。

"他真的只是打球不小心摔倒的吗？"

那个中锋已经因为疼痛陷入半昏迷状态，所以刘医生只能问云箭。

"是啊，全体育馆的人都看见了！"

云箭心里也不奇怪为什么医生会产生疑问，因为尽管他认识很多爱好运动的朋友，却还从没听说过有谁因打篮球受伤而粉碎性骨折的，换成是玩撑竿跳高的还差不多。

"那就奇怪了。"刘医生露出极其困惑的表情，眼镜后边小小的眼睛眯得只剩一条缝。

"如果不是受到强烈的外力撞击，年轻人只是摔跤是很少会导致粉碎性骨折的……可是，他的两截腿骨碎成了好几块，而且严重错位，我都不知道该怎么接才好——来！你跟我到里边来一下，帮我抬个东西！"

半分钟后，云箭和刘医生从储藏室抬出一个一米半

高的铁架子，架子上端安装着一面半透明的黑色镜子，是个边长三十厘米的正方形，装着两根电极管，可以开合。

云箭以前见过这种机器，那是可以做局部照射的X光透视仪，辐射比较少，可以当场透视，并且可以将画面记录到内置的微型计算机里。

刘医生将架子推到病床的侧边，打开黑色镜子，并让云箭拉电线去插上插头，然后开机检查。

一分钟后，显示屏显示出来的图像让在场的两个人都惊呆了。

病人的左腿，大腿的那根长骨变成三截，小腿的那根长骨变成五截，如同暴风雨过后的竹林般乱七八糟地歪斜着。

不仅如此，两头关节处的骨头甚至可以看见一条条清晰的裂痕，仿佛只要稍微用力一敲，就会整个碎掉。

"这……这样的伤可不是小问题啊，闹不好以后一辈子都……"

刘医生大概是忽然想起病人还没有完全昏迷，怕被病人听到，所以及时收口。不过后边的意思，云箭只要稍微一想就能猜到……应该是指会终生残废吧。

接着，刘医生赶紧联系校方的紧急行动小组，说明情况，请他们把病人送到市区的大医院做进一步的检查和治疗。

这时，病人微微睁开了眼睛，嘴里喃喃念叨着"水"这个字，站在附近的云箭听到后，见医生还在打电话，于是自己去倒了杯水给病人。

病人喝了一口水后，又闭上眼睛，云箭问他话他也没反应，好像昏睡过去了。

云箭转过身把一次性纸杯丢掉，却没注意到身边的X光透视仪，腰部不轻不重地撞了一下，把X光透视仪往上挪了几分。

他定了定神，然后扶住透视仪的架子，想把它推回原来的位置，可就在弯腰的瞬间，他从透视镜里发现了一个奇怪的东西。

说奇怪其实也不奇怪，只是病人膝盖骨上覆盖着类似神经线的白色阴影，膝盖是关节部位，神经在那里交汇很正常。

然而，略有常识的人都知道，X光可以穿透人体的软体组织，照出骨头和器官，而相对骨头和器官来说，比较细小的神经线和血管一般是直接穿透的，不会显示出来，奇怪就奇怪在这里。

X光还可以照出一些本来不属于人体的异物，譬如体内的钉子、结石等固体。

难道，那个类似神经线的东西是异物？

云箭不是医学专业的学生，对此不敢轻易下定论，等刘医生讲完电话后，他把刘医生叫过来，把自己的发现告诉了刘医生。

刘医生一看到那个东西，一双小眼睛马上就鼓了起来。

他左看右瞧、上摸下捏了半晌，然后瞪着云箭惊讶地说："这……绝对不是人体本来就有的东西！"

第二章　雾霭包围圈

第一食堂三楼的西餐厅。

一个靠近玻璃橱窗的桌子两旁，面对面坐着两个人，他们边吃晚饭边聊天。

坐在左边的是个二十岁左右的男生，浓眉大眼，凸下巴，柔软的头发垂在耳际，刘海比较长，滋生出几分艺术气息。

右边那人跟前者年龄相仿，长发飘飘，乍一看，还以为是个美女，近看才发现是个美男。

白里透红的皮肤，柔和的脸部线条，穿粉红色的长袖衬衫，蓝色牛仔裤，敞露胸口，脖子上戴着一条菱形的白水晶坠链。

此时，美男正在享用面前放着的牛排，抬头看着对面的人，笑吟吟地说："今天的牛排味道真是好极了。

陆旭，是不是你叫认识的厨师特别给我做的？"

陆旭抿了抿嘴唇，好笑地说："拜托，西餐厅我平时很少来的，怎么会认识这里的厨师？其实这只是你的心理作用，你一个星期才吃一次牛排，自然觉得好吃。"

"哎！为了保持体形，再大的忍耐都是值得的。"美男感慨地说着，把最后一小块牛排送到嘴里，然后放下刀叉，用餐巾优雅地擦嘴，再端起咖啡喝了一口。

"飘零，你吃饱了？"陆旭说着打手势让服务生来收盘子，"那我们开始谈学园祭的事情吧。"

"幸好我们是在饭后才开始谈，如果是饭前谈的话，我恐怕连最爱的牛排都吃不下。"慕容飘零莞尔道。

"我也知道这件事很麻烦，但是既然社长将这个任务交给我们，我们不谈是不行的。"陆旭苦笑着摇头。

陆旭口中的社长就是星座同盟的社长王剑，而陆旭和慕容飘零自然都是星座同盟的社员。

陆旭十九岁，金牛座，大二营养系；慕容飘零，天秤座，二十岁，大三音乐艺术系。

一个爱烹饪，一个爱打扮，小魔怪分别给他们取了"特级厨师"和"美人鱼"的外号，在星座同盟中，也只有他们两人的外号稍微好听一点。

由于下个月学校就要举办十年校庆的大型学园祭，

按学校规定，学校每个社团都必须参加，而社长王剑跟着几个学校领导去欧洲参观考察国外教学去了，于是把策划和执行学园祭的任务交代下来，由陆旭和慕容飘零两个人一起负责。

"陆旭，你看，在活动的策划上，我们是不是应该找其他人来帮忙？"慕容飘零提议道，"毕竟我们两个以前都没搞过学园祭，应该多听听大家的意见，我觉得这样比较合适。"

"我明白这一点，但问题是，在我们社里似乎找不到可以帮得上忙的人。"陆旭满脸的无奈和无助。

慕容飘零也知道，最近社团里的人都有些忙，不忙的也不会对学园祭热心。他沉默下来，忽然叹了口气，道："看来，我们只好利用各自的关系和力量一起来办这件事了。但是，在办事之前，我认为我们应该好好打扮一下，换个新的形象——呃——"

惊觉自己分神，慕容飘零赶紧纠正道："喔喔！其实……我的意思是在一切开始前，我们应该做好万全准备，首先要确定一个方向，这样才能确定要找什么样的人，做什么样的准备。"

"我早就想到了这一点，所以我特地去收集了这三年来学园祭筹备活动的详细资料。"陆旭说着从旁边椅

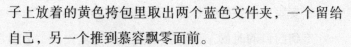

子上放着的黄色挎包里取出两个蓝色文件夹，一个留给自己，另一个推到慕容飘零面前。

"三年的都在这里？"

"嗯……应该都在这里了。我也是早上才托人弄到的，还没来得及看，我们一起看吧。"

接着，两人都打开文件夹，认真翻阅起来，边看边讨论脑子里冒出来的想法。

不知不觉，已经过去半个多小时。

这时，陆旭又提出了一个新的问题："飘零，关于场景布置，我想还是选择活动室比较方便，只要在路口附近挂指路的广告牌，应该能招揽到不少客人。你看呢？"

可是等了十几秒也不见慕容飘零应声，陆旭抬起头来，只见慕容飘零眉头紧锁、神情凝重，陆旭心里觉得奇怪。

他刚要发问，慕容飘零就倏地站起来，有气无力地丢下一句："陆旭，对不起，我有事先走，下次再继续讨论吧。"然后转身就朝门口走去。

"等等！"陆旭急忙叫道，慕容飘零的脚步顿了顿，陆旭不太好意思地补充道，"飘零，说好是AA制的。"

慕容飘零的脸色一沉，随手掏出两张大钞往旁边站的一个女服务生手里塞去，气若游丝地说："结账。"

走到门口的时候，慕容飘零似乎两腿发软，一个趔趄，身子朝前倾倒。他条件反射地伸手扶住玻璃门，停下来喘了口气。

陆旭这时才发现了慕容飘零举止异常，只见他脸色惨白，冷汗从额头滑落下来，另一只手正按着腹部，很明显是肚子疼。

陆旭不禁窃笑，心里暗道："该不会是吃那份半生不熟的牛排吃坏肚子了吧。"可是转念又想，"不对啊，吃坏肚子应该去洗手间才对，他跑外边干什么？"

朋友有难岂能置之不理，接着，陆旭也赶快结了账，抓起挎包就跟了出去。

走在前头的慕容飘零很不对劲，平时他走路从容潇洒，加上容貌俊美、衣着时尚，走在校园里总能吸引众多目光，可是此时他却是一手捂着肚子，一手扶着墙壁，步履蹒跚地朝前慢慢走着，那模样实在有些狼狈……甚至带着几分无助。

陆旭再也看不下去，冲过去搀扶慕容飘零，"飘零，你是不是肚子很疼？我送你去保健室吧！"

"没、没事的，不用麻烦了……我一个人就能去。"慕容飘零咬着牙，说话的时候有些口齿不清。

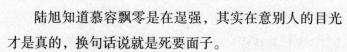

陆旭知道慕容飘零是在逞强，其实在意别人的目光才是真的，换句话说就是死要面子。

陆旭只好用强硬的态度说道："你可能得了盲肠炎，如果不及时治疗会疼死你的！"说着蹲了下来，"快上来！我背你去最近的保健室！"

十五分钟后，陆旭来到一号保健室门口的时候已经汗流浃背，夏天的下午依然热气未散，根本不适合做负重运动。

而在陆旭背上的慕容飘零早就失去知觉，路上陆旭叫了几声他都没回答，陆旭这才拼命地跑过来。

本来不用几分钟就可以从食堂到最近的一号保健室，却因为慕容飘零的强烈要求，说怕被别人拍下照片放到校园网上制造无聊话题，所以不走大路，改走小路，绕了个大圈，结果耽误了不少时间。

刚刚来到门口，就碰到了正要把诊断复印件送去给凌寂的云箭。

"啊，陆旭……"等到陆旭靠近，云箭看到了陆旭背上那人，又问，"飘零怎么了？"

"云箭，你怎么在这里？"陆旭也有点意外，但很快又急着往里走，"飘零肚子疼得晕过去了，可能得的是盲肠炎！"

"来！我帮你！"云箭将诊断书复印件随手往门边的饮水机上一搁，然后两手从陆旭背后抱住慕容飘零，"让我把他放到病床上……"

云箭力气很大，接过慕容飘零后，三两下就走到病床前，把慕容飘零放了上去，然后对着楼梯口大喊："刘医生！有病人！请你快下来！"

原来，之前把篮球队员交给紧急行动小组送走，又给云箭复印了诊断书后，刘医生就到楼上的卧室上网去了，因为那个篮球队员的伤势过于奇特，他想通过网络查查有没有类似的病例，又或者可以向医学院的那些老同学请教一下。

一会儿，刘医生从楼上跑下来，一见躺在病床上不省人事的慕容飘零，就问："病人有什么症状？"

"医生，我朋友肚子疼，不知道是吃坏了东西，还是盲肠炎。"陆旭不太肯定地说。

"让我先看看。"

刘医生走到病床旁边，戴上听诊器，然后开始对慕容飘零进行检查。刘医生神色镇定，手法利落，让旁观的云箭和陆旭安心不少。

他们知道，吃错东西引起的肠胃炎或盲肠炎，对名牌医学院毕业并有七年临床经验的刘医生来说，自然是小菜一碟。

刘医生检查完病人的五官，然后掀起了病人的衣服，他看到一个白皙健美的小腹，心里不禁赞叹，一个男生的皮肤和身材怎么能好到这种程度呢！

接下来他在病人肚脐眼附近的皮肤上发现了一个鼓起的小肉包，很小，像是被虫子叮咬后留下的痕迹，所以他不怎么在意。

"病人今天吃过什么东西？"

"我不知道他早上吃过什么，我只知道他下午吃了一份牛排和喝了一杯咖啡。"陆旭简要地回答。

"什么时候吃的？"

"半个多小时前。"

刘医生游动的双手在慕容飘零的下腹部停下，捏了捏，正色道："根据我的初步诊断，他不是吃坏了肚子，也不是盲肠炎，而是十二指肠里有没办法消化的东西，把肠道给堵了。这个要赶快开刀才行，不然引起溃疡就麻烦了。"

"医生，你要动手术？在这里？"云箭大为惊奇。

"不是，我们学校有个地下手术室，那里的设备比较完善，小型手术是没问题的。"刘医生顿了顿，语气变得犹豫起来，"不过动手术不能马虎，必须确诊，还要亲属或领导签字才可以——云箭，你跟那个同学把X光透视仪抬出来。"

云箭点点头，然后叫陆旭跟他进储藏室，又一次请出了X光透视仪。

通过X光透视仪的显示屏，云箭和刘医生再次大吃一惊，而不明所以的陆旭被两人突然转变的表情给吓到了。

慕容飘零的十二指肠的肠道中有一小截确实不通……但是却不是被堵塞了。

因为造成肠道不通的不是肠道里边有东西，而是肠道外边有东西。

肠道外边有一团阴影，那团阴影像是神经线，它把肠道给包裹住，就好比在肠道上打结。并且，这个结收得很紧。

那团阴影的模样竟然跟先前在篮球队员膝盖上发现的阴影有七八成相似，只是附着在人体的位置不同而已。

然而，慕容飘零突发性腹痛和篮球队员打球摔断腿，这两码事却怎么也联系不起来……

"病人现在的病情还算稳定，不过不能拖下去，以免发生恶化。看来还要再找一回紧急行动小组。"

刘医生当机立断，马上拨打电话，在呼叫的间隙里，又让陆旭拿一张登记表格帮病人填写资料。

陆旭填写资料的时候，手机没电的云箭借了他的手机，走到门外，然后打给凌寂。

"喂，社长，我是云箭，比赛结束了吗?"

凌寂知道云箭想问什么，于是直接说了出来："已经结束了，胜方是火力队。"旋即转入正题，"我交代你的事情办得怎么样? 为什么你用的是陆旭的手机?"

"哦、哦! 是这样的，诊断书本来已经打印好了，我正要给你送去，没想到在门口碰到陆旭把飘零背来保健室，所以耽搁了一下，我手机没电借了他的手机。"

云箭整理了一下思绪，开始缓缓说道："有个特别情况要向你报告……整件事大概就是这样，两人的情况相似，连医生也不知道到底是怎么回事。"

"两人的身体里都有异物?"凌寂似乎也被这个问题给难住了，过了好几秒才接着说道，"云箭，你不用过来了，告诉我你在几号保健室，我现在过去。"

"我在一号保健室!"听到凌寂要过来，云箭不由得激动起来。

"你让陆旭留下，待会我有话要问他。还有，你让医生想想办法，等一下我过去后，能不能把飘零弄醒。就这样。"

云箭挂掉电话后，心里嘀咕：社长怎么好像已经打好了主意似的，那么奇怪的事情一下就抓住了头绪，好厉害……

云箭转过身去，正要把手机还给陆旭，然后把凌寂的吩咐传达给陆旭和刘医生时，他蓦地听到身后传来汽车引擎的声音。

他掉头一看，只见一辆白色的面包车从左边的甬道开来，来到前方的路口，一个转弯就朝保健室开来。

面包车的车头上有一个红色的箭头标志，学校里的人大多都见过，那是紧急行动小组的标志。

紧急行动小组，顾名思义就是为了应付紧急事件才设立的团队，在学校里担负着消防队、救难队的角色。

因为独角兽大学位置偏僻，一旦发生什么意外会来不及得到政府的救助，所以本身要设立这么一个小组来提高安全系数。

云箭看了看依然在讲电话的刘医生，又看了看越来越近的面包车，心里犯疑：

"刘医生好像还没把事情说完吧，怎么紧急行动小组这么快就派车来了？刚才还是等了十多分钟才来的……糟糕！要是他们现在就把飘零给带走，那社长来了之后我该怎么交代，他让我叫医生想办法把飘零弄醒的……"

面包车在保健室门外的空地上停下，后门打开，下来两个穿着红色制服的队员，然后和车上另外两个队员一起，把一副担架从车上抬了下来。

云箭凝神而视，越看越觉得那两个队员很眼熟，而担架上那个身材高大的病人，更是眼熟得不得了，好像不久前才见过。

啊！那不就是左腿受伤那个叫林木的篮球队员吗？二十分钟前他才被紧急行动小组给抬上车送走……怎么现在又给送回来了？

保健室里的刘医生因为还在讲电话，所以没听到车子的声音。不知道为什么，他的声音倏然变大起来："你说什么？下不了山，已经掉头回来了？"

这时，四个队员把担架抬到了门口，云箭凑过来试图打探消息："几位大哥，怎么又把人抬回来了？出什么事了吗？"

四个队员都置若罔闻，其中一个问道："医生是不是还在里边？"

云箭点点头，然后朝保健室叫了一声："刘医生，有人找!"

刘医生抬头望去,见是紧急行动小组的人,还有不久前才送出去的病人,心里顿时生出一种被愚弄的感觉。

"啪"一声挂掉电话,他大步走到那四个队员面前,两眼一瞪,大发雷霆:"你们是怎么办事的?叫你们把人送去医院,你们却把人又给我送回来了!病人要是耽误了治疗,病情加重或者落下什么后遗症,你们想要我来负责吗?"

冷笑一声,刘医生又道:"好啊,你们小组一直以来松散惯了,现在只会做些表面功夫对不对?等着,这事我一定会向校长投诉的!拿工资不做事,哼!我相信校长绝对不会纵容这种行为!"

"刘医生……"其中一个看起来像小队长的人面露难色,解释道,"事情不是这样的,请你不要生气,先听我说明情况。事实上,路上出了点意外,我们的车下山后,不知道为什么天忽然起雾,快到半山腰的时候,雾气已经相当浓了,前方很难看得清楚,开了车头灯也没用。

"我觉得这样下去非但下不了山,而且还可能会困在那里,所以就赶紧掉头回来了。我向组长报告了这个

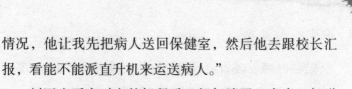

情况，他让我先把病人送回保健室，然后他去跟校长汇报，看能不能派直升机来运送病人。"

刘医生听完对方的解释后，怒气消了一大半，知道是自己怪错人了，过意不去，有点尴尬地说："不好意思，快进来！把病人放到病床上去……派直升机的事情由我跟校长说吧，这个事情真的很急，不能再耽搁时间了。"

"好的，那我们先出去，我们就在车里待命，有什么其他能帮得上忙的地方不要跟我们客气。"小组长说罢让手下把病人抬到另一张病床上，然后就带着他们撤出去了。

紧急行动小组的人前脚刚离开，云箭后脚就跨了进去，见到被压力折磨得焦躁不安的刘医生，小心翼翼地说道："刘医生、刘医生，有个事情想拜托你。"

"什么事情？快说吧！"刘医生一副不耐烦的样子。

"那个……等一下学生会的副会长凌寂要过来，他说，请刘医生你帮个忙……能不能想个办法，把刚刚送来的那个病人给弄醒。"云箭战战兢兢地说着，然后指了指躺在病床上的慕容飘零。他看出刘医生情绪不佳，这个时候提出要求有点不当，不过凌寂吩咐下来的事情还是不能怠慢的。

出乎意料的是，刘医生听后眨了眨眼，嘴角还露出了浅笑："哦？凌寂要过来吗？他要处理这件事？"那语气听起来不像厌烦，反而好似……带着一丝期盼。

云箭又指了指篮球队员，尽量平静地说："因为那个病人涉及一起纠纷事件，是由凌寂负责调查和处理的。"

刘医生有点搞不清楚状况了，既然凌寂要调查篮球队员的事情，为什么指名要弄醒另外一个病人呢？

不过他没有多问，点点头，异常爽快地说："没问题。好吧，我现在就到药房里配药，凌寂来了麻烦你叫我一声。"

"好的。"云箭看到刘医生走进药房的时候，步子好像轻盈了些许，想不通刘医生为什么看起来很乐意合作的样子。

事实上，刘医生当然乐意合作。

两个病状都不轻又怪异的病人都送到他这里就诊，如果得不到及时的治疗而产生了一些严重的后果，那事后他肯定脱不了干系，被扣工资还算幸运，如果丢了工作那就倒大霉了。

因此，他迫切希望有其他人可以插手这事，替他分担一部分责任，即使结果还是被炒鱿鱼，但至少在此时

此刻，心里会觉得好受得多。

"云箭，凌寂等一下要过来吗？"陆旭问道。

"是啊，社长说要接手这事。"云箭目光熠熠，"只要社长过来，事情就会好办了。"

陆旭拉了拉肩膀上的球衣，嘴唇嚅动了一下后就紧紧闭起，不住地咬牙和吞口水，最后他还是开口了："或许吧……我承认，凌寂的办事能力确实很强，不过我不太喜欢他独裁的风格，好像别人的意见在他听来都跟小孩子过家家似的。"

陆旭是学生会的文娱部长，虽然不是凌寂的直系下属，不过有时候也要听命于凌寂。

听到陆旭当面批评自己崇拜的凌寂，云箭难免有点难堪，但他没有生气，只是不再说话，走出门口透透气。

就在这时，他看到有个穿白衣黑裤的人快速朝这边走来，充满节奏感的步伐所表现出来的那股临危不乱的气势，实在让云箭自愧不如的同时又兴奋不已。

说曹操曹操就到！

"出了新状况？"凌寂问问题的时候，并没有流露出疑惑的神色，只是转头瞥了一眼停在附近的紧急行动小组面包车。

"嗯，是啊。"云箭对着站在面前的凌寂点点头，然后将他引进保健室里，"社长，你进来我再详细跟你说吧。"

陆旭看到凌寂进来，表情和动作开始变得拘谨起来，凌寂对他点点头，轻轻叫了一声"陆旭"，算是打过招呼。

陆旭也照葫芦画瓢地简单回应了一声，不过凌寂却似乎没听见，他径直走到林木的病床旁边，然后盯着跟过来的云箭，审视的目光逼得云箭不敢直视。

"你十五分钟前打电话给我，不是说这个叫林木的篮球队员已经被紧急行动小组送下山了吗？"

云箭低垂眼帘，支吾道："那个……我也不太清楚。本来紧急行动小组把人接走了，几分钟前却又把人给送回来，好像说下到半山腰起雾了，下不去只好回来。还说已经申请直升机来运送了，所以现在他们在外边等直升机来，然后把人送到直升机上。"

"起雾……这个时候？"凌寂半信半疑。已经在学校待了两年的他很清楚，夏末的清晨，学校所在的这一带山林，确实容易起雾，可是傍晚起雾的情形却从没见过。

"是啊，我也想不明白。"云箭摇摇头。

扫视四周，凌寂淡淡地问："医生呢？"

"医生在里边配药，我叫他。"云箭接着大声叫唤，"刘医生，副会长来了！"

"哦，请他坐在那里等一等，我这里很快就弄好了！"隔着墙壁，刘医生大声回道。

云箭搬来一张椅子请凌寂坐下，凌寂却没有坐下的意思，他走到两张病床中间的屏风前，左右探视，分别观察了好一阵。

云箭想去给凌寂倒杯水，忽然发现自己搁在饮水机上的诊断书复印件，于是赶紧拿着复印件递到凌寂面前："这是林木的诊断书。"

凌寂默默地接过诊断书复印件，认真看起来。

当他看到刘医生在上边画的一个简略病状位置说明图和旁边的注解时，目光变得闪烁不定。

"飘零身体里的异物跟林木膝盖里的类似？"凌寂问云箭。

"是的。"云箭收起屏风，然后走到X光透视仪旁边，在开启仪器的同时说道，"社长，用这个机器可以看到。"

X光透视仪的操作跟傻瓜相机一样简单，已经看过医生操作两次的云箭第一次使用就上手了。

半分钟后，显示屏就出现了图像。

凌寂看过飘零腹部的异物，又让云箭移动和摆弄透视仪，再看林木膝盖里的异物，然后露出了沉思的表情。

"云箭，还有陆旭，你们来一下，帮忙把他们的衣服全都脱掉。"

听到凌寂冷不丁地说出这句话，云箭和陆旭一时目瞪口呆，两人都有些反应不过来。

凌寂见两人思维迟钝，不得不一五一十地解释道："两个人身体里都有相似的异物，这是其中一个共同点，或者应该说是共同的结果。但是，大多数时候，有同样的原因才会造成同样的结果……

"从目前的情况看，可以肯定这是短时间里发生的连续事件，起因应该都是相差不远的。所以我想在两人身上做一次详细检查，希望能找出其他的共同点，然后通过这些共同点找出跟起因相关的线索。"

尽管凌寂的说法比较抽象，但是在心里琢磨了一下，云箭和陆旭两人还是领悟到了中心意思。

就在三个人经过一番努力，将病床上两个病人扒得只剩内裤的时候，刘医生拿着一个装着药物和针筒的托盘走了出来，见到眼前这一幕，鼻梁上的眼镜差点没掉下来……

凌寂身为此事主谋，瞧见医生出现，脸上竟还能维持从容不迫的表情，他平静地对刘医生说道："医生，我正在检查两个病人的全身皮肤，请你过来一下。"

刘医生自是困惑不已，把托盘放到旁边，走过去查看："有什么不对的地方吗？"

"你看这里和这里！"

凌寂的手指分别在两个病人身上指了一下，刘医生定睛一看，只见凌寂所指的两个位置（林木的左膝盖和慕容飘零的腹部），皮肤上都鼓着一个还没消退的小包。

"医生，虽然这两个小包很不起眼，但是这或许是揭开这两个人体内出现异物的关键。"凌寂神色肃然地说，在场每个人都认真听着，"请你马上做皮肤切片细菌分析，然后再做血液检查。"想了想又补充道，"不过，现在最重要的是先弄醒他们。"

"好的，我现在就给他们注射。"刘医生把托盘拿过来，从上边取出一份文件和一支钢笔给凌寂，嗫嚅着说，"呃……那个……不好意思，凌会长，因为注射这种兴奋药可以让昏迷的病人暂时苏醒过来，但是……它有个副作用，在两个小时内都不能再进行麻醉，也就是两个小时内都不能动手术……事关重大，还得请你签个名。"

凌寂看了看文件，那是一份诊治申请书，他皱起眉头，最后还是签下了自己的名字。

刘医生确认签名无误后，连连点头，眉开眼笑道："好的，凌会长，我现在就给他们注射，请你先到旁边坐坐。"

凌寂退到一旁，刘医生从托盘上取出针筒和几瓶注射液，经过混合和抽取，又对皮肤进行酒精消毒，然后分别给林木和慕容飘零打了一针。

"大概五到十分钟后，他们就会醒过来了。"刘医生说着丢掉针筒和注射液玻璃瓶，搓了搓手又说，"保持清醒的时间半小时到三个小时不等，这要看个人的体质。"

"社长……把他们弄醒有什么用？"云箭忍不住问道，同时陆旭也侧耳倾听，显然对此事也充满好奇。

凌寂以一种权威至上的口吻说道："等他们醒来后，调查他们今天都做过和遇到过什么事情，找出其中的共同点就可以推理出线索，抓住线索就可以搞清楚他们体内产生异物的真相。"

第三章 戒 严

"你们是谁……你们想干什么?"

慕容飘零醒来的时候发现自己全身只穿着一条内裤,又看到有好几个人围着自己,脸马上就涨红起来,挣扎着要坐起来却发现使不出力气。

"飘零,你怎么了,不认得我们了?"云箭纳闷地说着转向刘医生,问道,"刘医生,腹痛会引发失忆症吗?"

"不,应该只是一时精神恍惚,病人的神志还没完全恢复。"刘医生怕这个解释不够专业又补充道,"药物刺激了脑神经促使他清醒的同时,也产生了一些副作用,就是导致脑部功能出现暂时性的功能障碍,所以不用担心,过几分钟就好。"

陆旭对刘医生的解释不以为然，根据经验判断，慕容飘零躺着，大家又都围着他挡住了光线，所以从他的角度看，根本就看不清楚其他人的脸。

"大家都站开！"凌寂打了个手势让大家往后退，陆旭不禁多看了凌寂一眼。

大家都退开一点后，慕容飘零果然认出了各人，原本不安的神色海潮般迅速消退，吐了口气，满是困惑地问："我……为什么会赤裸着身体？"

"刚给你做完全身的皮肤检查，医生要给你换上病服，所以大家一起来帮忙。"陆旭用眼光示意慕容飘零去看躺在隔壁病床上的林木，然后又扫了云箭和凌寂一眼，说，"云箭送另外一个受伤的同学过来，凌寂是过来处理事情的，我送你来后刚好碰到他们。"

"陆旭……还有各位，谢谢。"慕容飘零微微点头，自我解嘲道，"那麻烦各位帮我穿上病服吧，除了在宿舍，平时我并没有展示裸体的癖好……"

云箭呵呵一笑，然后把手上的病服上衣拿起来，凑过去，不失时机地开了个玩笑："飘零，我知道，这件衣服可能是你穿过的最难看的衣服了，不过今天情况特殊，只好委屈你一下了。"

大家给慕容飘零穿上病服后，这时林木也苏醒过来了，凌寂对其谎称比赛已经暂停，刘医生配合着隐瞒了林木的真实病情，只说伤了骨头，让林木的情绪很快就平静下来。

凌寂觉得时机成熟，于是开始对两人问话。

"林木，你应该认识我吧，我是学生会副会长凌寂，因为你的关系比赛暂停了，我负责调查你的事情，跟你受伤有关，不过，我有我的调查方式，希望你能配合。我想知道的是，从昨天晚上到现在，你身上发生过的一切事情。"

没想到因为自己的缘故会导致比赛暂停，林木一脸愧色，长长地吸了口气，道："好的……凌会长，我一定会尽量配合你的……今天是决赛的日子，所以精神有点紧绷……

"早上那一声巨响把我和舍友给吵醒了，本来我们都以为是地震，一个个都急着往外边跑，后来才知道不是那么一回事……五点三十分的时候，我吃过早餐，就跟往常一样到山上跑步去了……为了保持状态，跑步是绝对不能松懈的体能训练……"

"等一等，请你说说，你今天跑步的路线在哪里？在学校的哪个方向？或者在哪几个区附近？"凌寂有针对性地追问。

林木眯起眼睛，在脑海里想象和分辨了大概半分钟，才确定地回答："北方，第七宿舍区和第八宿舍区外墙的那一片山林，那里有环行山路，也有上下的石阶，我通常是绕圈跑的。山上空气好，在那里跑步很舒服。"

"请接着说。"凌寂点点头。

"跑了大概半个小时我就下来了，平时我都跑一个小时的，但是因为今天比赛，我怕训练过度会消耗太多体力所以缩短了锻炼的时间……下山前我坐在山坡上喝水……山上有一条小溪，水很干净的……"

"选特别一点的事情来说，就是跟平时不太一样的。"凌寂见林木越说越琐碎，只好委婉提醒一句，免得浪费太多时间。

林木误会凌寂认为自己表达能力不够好，窘道："哦……我正要说到，我喝水的时候有一只蜜蜂飞过来，围着我转圈，我不敢乱动……不过最后还是被那只蜜蜂蜇了一下，左腿立即就肿了，有点疼，不过不影响行动……后来我下山回宿舍找了点清凉油擦就好多了……"

"等等，那只蜜蜂是什么样的？请你详细描述一下它的特征！"凌寂的脸色变得凝重起来。

"其实……我也不知道那是不是蜜蜂，应该是蜂类吧，我以前没见过，它的身体是绿色的，眼睛是红色的，身上有甲壳，尾巴上有一根针……"

"好，请接着说。"

林木后边叙述的内容跟篮球比赛有关，这方面的内容凌寂让他尽量跳过，跳过那些内容后，剩下的事情就更无出奇之处了。

不过讲述到比赛时的状态，林木有提到，他感觉自己左腿的弹跳力比平时要弱，所以在空中拦截的时候明显感觉到力不从心。

用了快二十分钟才结束问话，凌寂让林木先休息，然后转过去问已经等候多时的慕容飘零。

慕容飘零从刚才到现在一直就没说话，精神恢复得很不错，而且他知道凌寂问完那个大个子就会问自己，心里已经把今天发生的事情拟了个腹稿，有条有理，主次分明，自信讲述的时候肯定会跟讲演一样流畅。

然而，凌寂却没给慕容飘零"演讲"的机会，因为彼此都是认识一年多的社友，算是熟人，就撇开客套和引导的话，单刀直入地问："飘零，你有没有见过那种绿色的蜇人蜂？"

"蜇人蜂？"一大堆准备要讲的话突然塞回慕容飘零的肚子里，隐隐又感觉腹部胀痛了，不过他马上就调整过来，娓娓说道，"呃……倒是见过……那个时候朝阳刚刚升起，大地渐渐苏醒过来，经过一阵小小的骚乱，'地震风波'终于过去了，我走到阳台，望着绿色的树林，呼吸了一下依然残留几分惊悸的空气，身心像蒸发水分的海绵那样一点点舒展开来。

"我的阳台上种着二十盆西班牙玫瑰，并且，我在花朵下边安装了一套露水采集装置。每天早晨，只要轻轻按下开关，花瓣和叶子上的露水就会流到采集装置里，通过一条条透明的塑胶管，最终全都流到收集露水的广口瓶里。

"广口瓶里有一半露水，我把它取下来，正准备用玫瑰露喷洒全身——你们知道吗？玫瑰花的露水有收缩毛孔，滋润皮肤的功效……在十八世纪的时候，维多利亚时代的女王……"

凌寂知道飘零的话题一涉及保养美容，就关不上话匣子，继续让他说下去恐怕没完没了，只好咳嗽一声，打断道："是不是你的玫瑰花引来了蜇人蜂？"

慕容飘零正说到兴头上，被人打断，有些快然不悦，但他还是回道："如果是玫瑰花引来了蜇人蜂还好，但那只蜇人蜂却好像是冲着我来的，它飞上阳台后，围着我转了一圈，直接就朝我小腹扎了一下然后就

飞走了……我发誓我当时没有擦任何香水！"

凌寂默默思忖几秒，从衬衣口袋里掏出小小的黑皮记事本和钢笔，一边在空白页上写写画画，一边说道："如果我没记错，飘零，你住的宿舍是八号宿舍楼，在第七校区比较靠近校墙的位置，对吧？"

"凌寂，你是半年前去的我那里，你现在还记得啊？"慕容飘零惊叹道，因为凌寂只在半年前因为被邀请参加联谊会而去过一次飘零的宿舍，没想到他竟然还记得那么清楚。

凌寂置若罔闻，头都不抬一下，其他人也不敢出声打扰，因为从凌寂那认真的表情可以看出，他在想一件很重要的事情。

半分钟后，凌寂在记事本上画了个圆圈，迅速收起记事本，起身道："我要出去办点事情——刘医生，云箭还有陆旭，这里就交给你们了，我要先告辞了。"

刘医生满口答应和担保，陆旭只是默默地点一下头，而云箭则是拔腿追出门去，"社长，让我跟你一起去吧！这件事情不太寻常，多个人可以多个照应，而且有什么事忙不开我也可以给你当个跑腿的。"云箭诚心诚意地请求道，"希望你答应我这个请求！"

凌寂将云箭从头到脚打量一番，斟酌片刻，最终点头道："好吧！"

"谢谢社长！"云箭的脸上顿时绽放笑容，他兴冲冲地跟过去，"社长，我们现在要去哪里？"

"化学实验室。"

眼看越来越靠近宿舍区，云箭心里的小鼓敲得急促起来，同时，一双隐藏在玻璃镜片后边的眼睛不安地东张西望着，只希望不要有人经过才好。

此时，云箭穿着一身黑色的防护隔离服，戴着白色的塑胶手套，一个黑色的防毒面具，背着一个黑色的背囊，蹑手蹑脚地跟在凌寂后边。

而凌寂的打扮跟云箭一模一样。

这套服装就是从化学实验室借来的，可以防毒气、辐射、腐蚀、强光和抵消一定程度的爆炸冲击，通常在做危险实验的时候才会用到。

尽管云箭知道，现在就是老妈站在面前也认不出自己，可是天还没黑就穿着这种奇异服装在校园里大摇大摆到处走，难免会感觉不自在，他可没有COSPLAY的爱好。

来到北面的校墙边，凌寂停了下来，云箭顺着凌寂目光的方向望去，马上就发现了前方出现的一种十分怪异的现象。

在墙内这边是宿舍区，而墙外就是山林，墙壁只有三米多高，竟把墙内墙外分隔成两个不同的世界。

墙外的山林弥漫着浓得像牛奶一样的雾气，将夕阳射过来的光线大面积阻断，而墙内的宿舍区也浮现一层淡淡的雾气，但能见度还可以。

仔细观察不难发现，山林的雾气正缓慢而匀速地流入宿舍区，这给人一种古怪的感觉，似乎那雾气拥有意识，故意控制着侵入的速度。

环顾四周，只觉得被重重包围、层层监视……

"社长，为什么会这样？"云箭呆呆地问道，声音从防毒面具的呼吸口传出来，变得瓮声瓮气。

凌寂对云箭的问题不置可否，只是眯起眼睛，掐手一算，嘴里念念有词道："白虎上位对火星，火星巨树倾倒，尖端指向白虎腹部，利刃指腹有血光，入夜阴气盛，雾气阻隔四神兽的呼应、煞气流窜、地命大凶，酉时一到死门开。"

从一开始到现在，凌寂一直都保持着冷静的态度，只是说出这句话时，云箭却发现他的双手有些微微颤抖。

打听过凌寂背景的人都知道，凌寂出生于一个古老的风水世家，深谙风水推算之类的技能，据说，独角兽大学的选址和布局，当初请的顾问就是著名的风水师凌天——凌寂的父亲。

云箭虽然听不懂也看不懂凌寂刚才的言行举止到底有什么意义，但八九不离十是在掐算风水八卦，不过依凌寂掐算后的反应来看，感觉可能会有不好的事情要发生。

到底是什么不好的事情？

大凶、死门……跟巨树倾倒有什么关系？

这是一种地质灾害的先兆吗？还是跟奇怪的蜜蜂有关？

云箭最受不了胡乱猜想的感觉，大脑快要爆炸似的，不禁脱口而出："社长，到底怎么了？我们学校会怎么样？大家会有事吗？"

凌寂鼻翼微张，一股沉稳而雄厚的气息平缓呼出，脸上灰暗的颜色渐渐消散，他定了定神，平静如水地说："没什么，我们继续往前边走走，或许有其他的发现。"

"哦！"云箭不好追问，只当是凌寂怕说了自己不懂才懒得解释。

两人依然如来时一样，一前一后地走着，来到校墙开的一扇小门前边，凌寂眉头一皱，似乎察觉到了什么，然后猛地转过头去，将搜索的目光落到小门外边，

学校修建的登山石阶上。

云箭一开始还不知道是怎么回事，因为一眼望上去，石阶早就被浓密的雾气覆盖，只是在雾气翻滚的时候，偶尔才能从比较淡薄的间隙看到模糊的一点轮廓。

没等几秒，石阶的上面传来了硬物落下敲击水泥石板而发出的有规律的声音，然后，云箭看见在长长的石阶中央有一团白色的人影，正不紧不慢地从山上走下来。

此时此刻，此情此景，忽然从雾霭笼罩的山上冒出一个神秘"人影"，而且在朝学校一步步靠近，任谁看见都会心生疑窦，有点不敢肯定，上边那个究竟是人还是鬼。

凌寂缄口不言，只是直直盯着"人影"，手指轻微动弹了几下，嘴角悄然露出一个微笑。

云箭很想对着"人影"大吼一声"你是谁啊"，可是碍于凌寂在场，只能把话吞进肚子里。

万籁俱寂，只剩下富有节奏感的敲击声。

哒……嗯……哒……嗯……
哒……嗯……哒……嗯……

起初，云箭凝神屏气，紧握拳头，可是没坚持片刻，就变成大口喘气，咬牙切齿了。

室闷！烦躁！战栗！不安！迷惘……

种种微妙又复杂的负面情绪漩涡般在云箭的脑海里快速搅拌，他感觉自己的头皮连带着头发像要被一丝丝撕下来。

稍一恍神，那个"人影"已经下了山，来到校墙的小门前，似乎想要推开铁门，却不知道为什么蓦地身体一顿。

此时雾气流动，影影绰绰，一股海浪似的浓雾扑过来，"人影"就看不见了，也再听不到类似脚步的声音。

"人影"消失后，云箭大气一松，仿佛逃脱了三世浩劫，口齿不太伶俐地问："社长，刚才那个……到底是什么……东西？"

看到个模糊的人影，又听到类似脚步声的声音，说是"人"似乎才是理所当然，可若是正常人，一进入雾气笼罩的山林，眼前基本就只看见一片雪白，怎么还能轻轻松松地从石阶上一步步下来？

况且，那些石阶顺着山坡的曲线和坡度建造，并不规则，如果不看着脚下走是非常容易失足的。

所以，云箭最终没有用"人"，而是用了"东西"指代，感觉这样自己比较容易接受一点。

"等一下你就知道了。"凌寂轻描淡写地说，然后将头轻轻地转向左侧，嘴唇嚅动，嘀咕道，"西北方、吉位、火嘴冲天煞，水克火，水命吉星要现身。"

在凌寂视线所及的方位有一个花圃，主要栽种菊花和竹子。花圃中间筑着一个石台，石台上竖着一个三角形的铜制艺术品，尖锐的一角笔直地指向苍茫的天空。

云箭心里七上八下，很想问个清楚明白，但是看到凌寂神情严峻、全神贯注，不好打扰，只得把头跟着转过去。

等不到几秒，铜制艺术品后边忽然露出一片白色的衣襟，接着，一个修长的身影从后边闪现，径直朝两人走过来。

那是一个穿着白色衬衫和白色西服的少年，十八九岁左右，鹅蛋脸，细长秀气的眉毛下边是一副深蓝色的眼镜，样式古怪，鼻梁下边的镜托隐隐的好似闪着红色的微光。

及腰的长发用一条细长的银链子扎成辫子，走路的时候，辫子随之轻盈摇曳，竟透出几分阴柔的魅惑。

白衣少年来到云箭面前，微微一笑，将眼镜摘下，收起，露出一双深海般梦幻的灰色眼睛，他忽然打了个响指，朗声说道："雾色蒙蒙，雾里看景隔白纱，人影切切，寻思或是故人来。"

"叶吟！"云箭出声叫道。

"呵呵，你们认得我，我也认得你们。"叶吟分别指了指凌寂和云箭，道："你是凌寂，你是云箭，我猜得对不对？"

叶吟今年十九岁，大一中文研究系，星座同盟中的双鱼座，他八岁就出版童话故事集，十二岁写出第一部长篇小说，出版后成为畅销书，一举成名，此小说被改编成电影并带动了小说的销量，之后更是红遍出版界的半边天。所以，在星座同盟的十二位成员中，就数叶吟名气最大。

云箭本以为是因为刚才自己叫出声来，被叶吟认出了声音，但是转念一想，自己戴着防毒面具，说话的声音不知道失真到南斯拉夫还是好望角去了，怎么可能一下子就被认出来，何况凌寂还没开口说话呢。

"叶吟，你怎么认出我们来的？"想不明白的云箭只好讨教。

"呵呵。"叶吟露出得意的神色，又扫了一眼凌寂和云箭脚下，解说道："其实很简单，我是从你们的鞋子认出你们来的。云箭你最喜欢穿卡龙牌的红色运动鞋，而凌寂呢，那双意大利的鳄鱼黑皮鞋从来都没换过。再加上你们体形动作上的一些特征，我自然就认出你们来了。"

云箭恍然大悟，被叶吟那么一说，视线也往下移，目光一闪，瞪起眼睛，道："哦！木块鞋跟，刚才从山上下来的那个装神弄鬼的人影就是你吧！"

"啧啧，云箭，亏你说得出口，如果你去找块镜子来看看，或许你会觉得'装神弄鬼'这个词会更适合形容你自己。"叶吟说着收敛起玩笑的神色，"话说回来，你们打扮成这样是要做什么？这是问题一。"

凌寂上下打量了叶吟好一会儿，才开口问道："这个等一下再说，你先告诉我，你一个人跑山上去干什么？"

"也没干什么特别的事，至少应该没你们那么特别。因为在这个时候起雾很少见，想去体验一下不一样的感觉，所以才戴上装备一个人上山。"

叶吟说着甩了甩手中的眼镜，继续说道："这个是电磁反射波成像眼镜，就算在浓雾里还是可以看到东西……不过，结果很让人失望，没遇到什么有趣的东西，除了在下山的时候发现你们，并以为你们是从哪里跑出来的怪物外。

"哇……我当时着实紧张了一把，刚才趁着雾气变浓我偷偷潜到花圃后边，兴致勃勃地想看这两个打扮怪异的人到底有着什么不可告人的目的。靠近后注意到你们的鞋子，这才知道是你们两个……真可惜我没带相机过来，不然一定可以拍到很多精彩的镜头哦。"

"有没有看见绿色的蜇人蜂？"凌寂又问。

"蜇人蜂？嗯……还真有那么一回事，我刚上山的时候有几只围着我转来着，好在我吉星高照，它们没理我。"

叶吟用一只手托着下巴做思索状，又道："不过是不是绿色的我就不知道了，因为我戴着眼镜，看到的东西都是灰白色的——对了，你们为什么会知道我有看见蜇人蜂？这是问题二。"

"走，去宿舍区！"

凌寂不等云箭和叶吟回应就先行一步。

"喂，凌寂……你还没回答我的两个问题呢。"

"叶吟，我来告诉你好了。"

云箭为凌寂挡住了叶吟的追问。

两人跟着凌寂走在后边，云箭将知道的事情一五一十告诉叶吟，叶吟虽然觉得云箭在形容和描述上有点直白，不够生动，但还是越听越有劲……

两个病人——蜇人蜂——雾气，如果这三者有所关联，那绝对是可以大书特书的小说素材！

三人走到宿舍区的大门口，门口守卫室的守卫不在。

时间已是七点，晚饭时间宿舍区里的人大概都去食堂应付肚子去了，所以偌大个宿舍区显得空空荡荡、冷冷清清。

云箭本想擅自推门进去，却没想到门锁着，摇着门叫喊起来："来开门啊！开门！人都跑哪里去了……"

可是叫了半天也没个人出来，叶吟阴阳怪气地笑笑，看着云箭，苍白的脸上夹杂着亢奋又惶恐的复杂表情，他大退一步，怪笑道："没用的！就算你叫破喉咙也不会有人听见——你看这里！"

顺着叶吟所指的方向，云箭看到门边守卫室的窗户边竟然挂着一个红色的牌子，上边有两个亮着黄色荧光的正楷字：

戒　严

"什么？戒严？这怎么可能？"

云箭满脸问号，这个词语的意思他不是不知道，电视上看过，战争时期城市里头经常戒严，但是在和平时代的校园里，怎么会出现这种情况呢，而且竟然还早就印好了告示牌？

凌寂默默地眯起眼，叹了口气，幽幽道："戒严就是发生了紧急状况，极度警备的意思。我们学校跟一般学校不同，因为校内聚集了大量贵族高干子弟和天赋异秉的学生，所以安全工作的程度也是属于特高等级别，紧急行动小组就是安全工作的一部分。

"另外，校领导和员工，每年都要在校内进行两次演习集训，暑假还要进行长达半个月的危难培训，学习和训练的主要内容都是关于危难情况下的救助和逃生……而'戒严'这个告示牌也是早就有的，学校的历史上，四年前大礼堂发生放火事件的时候曾经用过，那是第一次用，现在是第二次。"

云箭四处张望："那现在戒严是为了什么呢？好像也没发生什么严重事件啊，要不然怎么会那么安静？如果有事，学校应该有广播通知吧。"

"通常傍晚七点整后，路灯就会自动点亮，但是现在这附近的路灯没有一盏是亮的，宿舍楼里的灯也一样，很可能电力已经中断了。而且……"凌寂掏出手机，给云箭和叶吟展示左上角标志着"无信号"的屏幕，又道，"信号也中断了。"

信号中断！

叶吟和云箭两人顿时面无血色。

要知道，一般在郊区的现代大学都会建造和安装一座无线信号接收塔，专门用来接收手机信号，所以，即使在郊区读书的学生使用手机也不会遇到信号不好的问题，而独角兽大学在学校四角和中央一共有五座信号接收塔，所以更不会出现信号问题。

万一信号中断，那么只有一个可能，就是发生了特殊事故，阻隔了信号的传递。

没有通信，对外求援就别指望了，况且山上有雾，车子下不了山，也就是说，独角兽大学此时就如同一个陆地孤岛。

"人去楼空，这里一定发生了不得了的事情！"叶吟两眼望向虚无的方向，缓缓转动了一下，咧嘴嘟哝道，"你们知道吗？我昨晚做了个奇怪的梦，梦见学校里到处都是水……到处都是浮尸！其他的记不清楚，好像最后只剩我一个人！"

叶吟说罢，脸色发白，两眼充满惧色，他两手抓着头发，弯下身子，歇斯底里地大喊："啊——不要这样！你们不要一个个消失掉！不要丢下我一个人！我好害怕……"

叶吟只要心理压力一大，"歇斯底里症"就会发作，而发作过后不久便会平静下来，这个几乎认识他的人都知道。

所以，熟悉叶吟的人都达成了一个共识，在他发作的时候，最好不要做多余的事情，只要等上几分钟到十几分钟，他自然就会恢复正常。

云箭虽然也知道不理会叶吟才是正确的，可是眼睁睁看着朋友一个人承受着巨大的恐惧，实在于心不忍，想走过去拍拍叶吟的肩膀，说几句打气和鼓励的话，可是就在他走到叶吟身旁时，眼角倏然捕捉到一丝怪异的动静。

云箭本能地转过头，集中目力，透过宿舍区铁门的黑色栏杆，他惊讶地看到，正前方几十米远的七号宿舍楼的四楼走廊，竟然……立着一棵大概一米多高的绿色小树！

宿舍楼上有树本来就够古怪了，更何况还立在走廊上！

谁都知道，走廊过道的地面是水泥板，绝不会是泥土。

就在云箭一愣神的间隙里，更加古怪的事情发生了！

那棵小树摇摇晃晃地拐过墙角，然后从楼梯口消失掉了——更贴切一点说，应该是"上楼"或者"下楼"去了！

因为上下的楼梯夹在两堵围墙中间，楼梯拐角处有窗户，却是墨绿色的玻璃，看不到里边，所以到底那棵小树"转移"到哪一楼就没办法知道了。

"有……"云箭想说"有一棵会走路的树"，可还是没把后边的话给说出来，因为一张嘴，他就马上意识到这种说法有多荒唐，如果没有亲眼所见，谁会相信？

"有什么？"凌寂察觉到了云箭不自然的神色。

"没什么、没什么。"云箭使劲摇头，目光一沉，心底已经打定主意，"呃，我只是在想，社长，既然我们来了不如进去看看，在这里猜来猜去也猜不到结果——我们可以翻墙过去。"

凌寂大致看了看方位，又掐手一算，点头道："好。"见到叶吟此时已经安静下来，朝他招招手，轻声吩咐道，"叶吟，你也跟着来吧！"

"哦……"叶吟目光呆滞，缓缓直起身来。

在云箭的努力示范下，凌寂和叶吟两个也顺利翻过了围墙。

云箭在前边带路，回头见凌寂在凝神思考，叶吟又精神恍惚，于是主动提议道："楼门没锁或许还有人没离开……我上楼去，社长，你和叶吟在周围看看，二十分钟后回来这里会合，好不好？"

"好的。你去吧，小心点。"凌寂沉声说道，然后看了看手表。

"哦！社长，还有叶吟，你们都要小心啊！有事大声喊我！"云箭当下不再犹豫，大步流星跨上楼梯，快速跑上楼。

上到三楼，云箭不得不停下来休息一下。

不是因为体力不支，不到一百级楼梯还累不倒独角兽大学的体育明星，只是他现在戴着防毒面具，吸进的空气比较少，激烈运动的时候氧气供应量有所不足。

因为背光的缘故，夕阳的光线没有眷顾宿舍楼的正面，楼梯间和走廊显得有些昏暗。云箭于是从防护服腰部的大口袋里掏出长长的手电筒，打开。

在调整手电筒射出的光圈集中范围时，云箭忽然发现，四楼的走廊和上下的楼梯上，都零星散落着一些树叶，大多是椭圆形的黄色树叶，不过也夹杂着褐色的细针形树叶。

果然……先前看见的那一幕不是幻觉！

这些树叶肯定都是"树"走过时留下的痕迹。

也就是说，只要追踪这些痕迹，就一定可以找到那棵会走路的"树"！

只是会走路的"树"，应该不会有什么攻击性吧，再说，就算真的遇到危险，凭自己那双飞毛腿，没有逃不掉的道理。

上到四楼后，云箭才发现想要找到"树"，并没有想象中的那么简单，因为散落的树叶似乎没有按照一定的路线延伸而去，走廊左右两边都有，楼梯上下都有……这可怎么找才好？

云箭没有很快就放弃寻找，下到二楼，他仗着腿力过人，从二楼的走廊右边尽头朝左边尽头小跑，经过窗户的时候就停下来用电筒照看一下。

查完二楼查三楼，一层层往上查……十五分钟后，他终于来到了第七层，这已经是顶楼，再上去就是天台了。

通向天台的铁门用铁链锁着，一般禁止学生上去。

水迹！

刚才经过第五楼东面楼梯的时候，云箭就发现水迹了，而且是一大片水迹，是从六楼走廊流下来的。

到六楼检查后才知道，有一间寝室不久前进行地板大清洗，污水从寝室流到走廊，经走廊上的排水管排到地下废水池里，只是因为靠近楼梯口的缘故，部分污水从楼梯口淌到了五楼。

然而……这里是七楼，根据重力定律，污水不可能从六楼流上七楼吧？

云箭发觉到了不合逻辑之处，自然就想到，肯定有什么东西经过五楼到六楼间的楼梯，沾上污水，带上了七楼，只要沿着污水的痕迹，相信就会有所发现。

云箭蹑手蹑脚地追踪水迹去向，最终发现水迹在一间储藏室门口消失了。云箭试着推门却没推开，不过门缝有增大，这么说门应该没从里边锁上，只是有东西在门后顶着。

云箭在门口做了几次深呼吸，退后一步，然后侧过身，猛地朝前一冲。

伴随着门被撞开，门后发出了"刷啦啦"一连串声响。

储藏室里没有窗户，昏暗又阴沉，空气中霉味扑鼻，但带着一丝不协调的清新，云箭感到神经绷紧成弦，但是身体依然按大脑指令行事。

把门板推到最大限度，手电筒的光线一照，储藏室内的情形让自诩为"业余旅行冒险家"的云箭倒吸一口冷气。

门后确实顶着东西，只不过是一张老式的笨重木桌，周围堆积和摆放的杂物都是一些常见的清洁工具，可是在这个原本很不起眼的地方，竟然多了一个非常显眼的东西——一棵小树！

一棵有一米多高的绿色小树就立在储藏室中间的空隙里，就立在云箭跟前！

诧异过后，云箭的目光自然而然随着手电筒的光线下移，下意识地想看看这小树的根长在哪里。

令云箭始料不及的是，他根本就没看见什么树根，忽然间，小树的树叶猛地一颤，把他的注意力从下引回到了上，而就在这个时候，他感觉自己的左脚被抓住了……被一双手紧紧抓住了！

"啊！求求你……求求你不要杀我！"

看到这里，大家可能以为这句是云箭在惊慌中口不择言冒出的台词，但是真这么想就大错特错了，因为事实上这句话是那棵"树"说出来的。

那是个少女的声音，但是绝对跟娇柔或清脆沾不上边……沙哑又粗糙，好像是从被割破的喉管里发出来的。

再次低头，云箭看到了一个披头散发的人头。

准确来说，应该是一个背朝天趴在地板上的少女。

她穿着白色的睡衣裤，衣服比抹布还要脏，湿漉漉的散发出一股臭味；皮肤枯黄，瘦削的四肢无力地扭动着，手掌和脚掌很多地方都磨破了皮，衣服上沾着一片片不规则形状的黑色血斑。

如果只是见到少女的惨状，云箭还不至于不知所措。可是当他发现，那棵"树"就是从少女后颈长出来的，从头皮和肩膀上可以看到密密麻麻的黑色树根在肌肉皮肤里延伸开去……他顿时愣在原地。

少女大概是察觉到了云箭一动不动，仰起焦黄的脸，艰难地从喉咙里挤出一句话来："你是谁？你……不是来消灭我的吗？"

"什、什么？消灭你？这话是什么意思啊？你把我给搞糊涂了！"云箭回过神来，被少女的话勾起了强烈的好奇，心里也不那么紧张了。

"你不是……学校派来消灭我们的吗？"少女也开始奇怪起来，原本凝固在脸上的恐惧渐渐淡化开去。

"'我们'？"云箭绷紧的身体一松，左右看看，却不见其他"人"，又问，"'我们'指的到底是？"

"就是……跟我一样……感染了奇怪病毒……变成半人半植物的学生。"

少女说到最后哽咽起来，难受地咳嗽了几声。她眼

睛发红，用力地闭上眼睑，却流不出泪来。

"你感染了奇怪的病毒？"云箭心里一颤，随即想到了关键所在，立即追问道，"到底是什么传染病毒的？是一种绿色蜇人蜂吗？有多少人已经中了病毒？他们在哪里？还有，整个宿舍区的人怎么都不见了？"

面对云箭连珠炮般的发问，少女显然一时回答不出来，因为她才一开口就忽然气喘起来。

"你怎么了？还好吗？"云箭扶少女坐起来，可是少女的气喘却更加严重起来。

原来，少女之所以趴在地上像乌龟一样爬行，就是因为直立上身的时候，颈部的"树"横着，脖子要承受横着的"树"向下的拉力，虽然"树"并不粗大，但是对少女娇嫩的脖子来说，毕竟不是个小负担，所以为了行动方便，她只能选择爬行。

而云箭那么做，自然会让她的脖子一下子承受很大的拉力，气喘不变严重才怪呢。

云箭看到少女的头沉重又无力地往后翻，这才意识到自己的过错，可是见少女气喘不止，而且越来越急促，好像再过不久就会断气似的，心里大急，想把少女给背到下边找凌寂想办法，可是因为少女身上多了一棵"树"，不知道该怎么背才好。

正在云箭困扰之际，门前出现一个黑暗的身影，一步跨进门，蹲下来，从云箭手里挽过少女的双臂，道："交给我吧。"

"社长……你怎么来了？"云箭大为意外，没想到正要找凌寂的时候，凌寂却出现了。

"现在先别说这些。"凌寂不由分说就从云箭手里拉过少女，让她趴到地上，然后两手按在她的背上，开始推拿按摩起来。

这时，叶吟也在门口的走廊上出现，他的神志已经恢复正常，两眼明亮有神。

叶吟看到地上的少女和她脖子上的"树"也是愣了好一阵，云箭过去猛地一拍他肩膀："叶吟，你没事了？"

"哦……我没事了，多亏了社长的妙手回春呢。"叶吟朝云箭打了手势，让云箭跟他到一旁，不要打扰凌寂救人。

"社长会治病吗？"云箭又惊又奇，"我怎么从来没听说过？"

"没听说过没关系，让我来告诉你吧。"叶吟长长地吐了一口气，满脸崇敬地说，"你走了之后，社长带我到凉亭里，然后脱了我的衣服……"

　　他古怪地笑笑，吊足了云箭的胃口，等到云箭出声催促他时才接着说："给我进行穴道按摩，他给我按摩了十分钟后，我就完全清醒过来了。社长竟然会穴道按摩，真是有点太过高深莫测了。"

　　"那社长是怎么找到我的?"

　　"我也不清楚，他只是在楼下看表，七点半一到，他就叫我上楼来了，而且一下子就找到了你，我也觉得奇怪呢，就像他早就知道了一样。"

　　"啊……我知道了! 一定在我上去之前社长就算到我会有发现，所以才在下边等。"云箭恍然大悟，心中对凌寂佩服不已。

　　两人还想继续交谈，一个声音打断了他们的对话，是那个少女的声音，带着哭腔。

　　"凌学长……救救我!"

　　叶吟和云箭两人赶紧跑回储藏室门口，只见那个少女已经停止气喘，正用激动无比的眼神看着凌寂。

　　"到外边说吧。"凌寂说罢，走出储藏室，那个少女跟在后边爬了出来。云、叶两人识趣地让开。

　　少女抱住了凌寂的左脚，就像抱住最后一根救命稻草："学长，救我……现在只有你才能救我们……"

　　"不用紧张，先告诉我，你叫什么名字?"凌寂脸色平静。

"我叫阮小小。"阮小小声音低沉，但说话比刚才顺畅多了。

"阮同学，你为什么会变成现在这样？"

"早上在阳台时……我的脖子好像被什么叮了一下，下午醒来后就发现……发现喉咙里长了树枝。"

阮小小说罢浑身颤抖，脖子上那棵"树"的树叶被抖得哗哗作响。

"我因为太过吃惊，晕了过去，半个小时后醒来，那东西已经从我脖子后边长出枝条和叶子来了。我很害怕，想把它拔出来……可是，我发现它就长在我喉咙里，一拔就疼得要昏过去……

"我躲到房间里不敢出来，怕被人知道……可是它越长越快，后来我连坐着都非常困难……就在我快绝望的时候，我忽然听到外边传来一连串尖叫声。

"走到窗边打开窗户，我看见一大群女生从对面回廊的寝室里冲出来，等人快跑光的时候，我看到了另外一个头上长着树的女生扶着墙壁慢慢地走出来，她边哭边叫着：'求求你们救救我……'，没想到还有别人跟我一样，心里顿时好受很多，大概是觉得自己毕竟不是孤立一人吧。

"接着，附近两个宿舍楼和对面的男生宿舍好像也发现了身上长出植物的人，整个宿舍区的人都跑光了。宿舍区的广播发布通知，说从现在开始，四到九号宿舍区全部进入戒严状态，宿舍区里每个人都不准乱跑。

"我知道，学校领导肯定知道这件事了，将整个宿舍区戒严，接着肯定会对像我这样的怪物采取措施。

"我开门下楼去，然后听到了有人在喊：'身体有变化的人通通出来，我们要联合起来！'那是有人在召集跟我一样遭遇的人。我寻着声音找到了其他同类。召集我们的是一个叫张欣的女生，她告诉我们，这个时候我们必须团结一致才能找到拯救自己的办法。

"我们聚集在一起。在这种时候我们只能互相依赖互相支持才能感觉到一丝希望。经过讨论后我们发现，之所以变成现在这个样子都有一个共同的原因，我们都被一种奇怪的绿色蜜蜂蜇过。

"然后我们都认为，学校很可能会派人来捕捉或者消灭我们，这样才能避免全校性大骚乱……我们经过商量决定，找一个代表出来，希望能跟学校派来的人交涉，告诉他们，我们虽然变成了怪物，但是我们并不会害人，希望学校看在我们父母的分上，想办法救救我们。"

"请问你就是代表吗？"叶吟插嘴道，用的是记者的口吻。

"不……不是我！因为我的喉咙说话比较困难，所以大家不可能选我的……代表是召集人张欣，她跟我住同一宿舍楼，是外语系的学生，口才很好，曾经当过晚会的主持人。她的肩膀上只长出了一小截树枝，还不影响行动能力。

"她让其他人找地方躲藏起来，叫我留下帮她找东西……可是当大家都走后，她却跟我说，让我留在宿舍楼里跟学校派来的人接触，确定他们不会伤害我，她才会出来跟他们交涉。

"我知道她害怕，但我也害怕，可是如果我不答应，她肯定放弃做代表了，而其他人都不肯当代表，到时候我们就全都没希望了，所以我只好答应她。"

"那个人怎么可以这样！没种就别当代表啊！"云箭义愤填膺道，"小小，你跟我们说就好啦，管她去死啊……"

凌寂对云箭打了个手势，让他不要激动，轻声道："先让她说完。"

"嗯……我在四楼走廊一直盯着大门看，然后看见有人过来，其中两个人穿得很怪，像是科学研究人员，还有一个人穿着白色衣服。我以为白衣服的人是带路

的，而另外两个人是学校派来的，当时我就退缩了，因为我脑子里不由自主地联想到自己被绑在手术台上，被人解剖研究的情景……

"寝室不能藏，我以为你们会一间间搜索寝室，并且守住出口，所以，我赶快爬到楼上，可爬到顶楼就没办法继续爬了，看到储藏室的门开着，我就躲了进去，把门给顶住。

"后来，这位学长冲进来，我以为我要死了，吓得喘不过气来，幸好凌学长救了我并及时把身份告诉我，我才放下心来。"

说罢，阮小小那双被长发遮挡的眼睛闪现出希望的光芒。

凌寂平静地看着阮小小，沉声分析道："你们的想法是对的，以我对学校领导层的了解，事发后他们一定召开紧急会议，派人来处理这件事，但是到底怎么处理，难以预测，毕竟现在是非一般事件。但是，就算学校能够控制得了学生、控制得了你们，也没办法控制已经侵入学校的蜇人蜂。"

说到底，绿色的蜇人蜂才是罪魁祸首！

云箭这时才明白，凌寂带自己去换上这身古怪的防护服和防毒面具，是多么具有前瞻性的决定。

"社长，我们接下来应该怎么办？"云箭问道，表情显得比较镇定。

"社长，我该怎么办？这是问题三。"叶吟也问，心有余悸的样子。

凌寂没有立即回答两人的问题，而是对着阮小小说道："阮同学，你也找个安全的地方躲起来吧，接下来，事态会更加混乱，不是短时间就能平息和解决的。我也会尽力想办法帮助你们。我会去找学校领导，报告这个情况，劝阻他们不要对你们采取过激措施。"

虽然凌寂戴着防毒面具，但是阮小小在学校会议上见过凌寂的样子，听说过他的事迹，也知道他是星座同盟的成员之一，看着另外两个男生叫他社长，心想他们两个应该也是星座同盟的社员。

开学以来，她还一直想找机会结识星座同盟的成员们，没想到……竟会是在这种情况下认识的！自己现在一副可怕又丑陋的模样，在他们眼里，大概只是个需要拯救和安慰的受害者、可怜虫吧……

想到这里，阮小小感到一阵心灰意冷，想要快点离开这里，于是对凌寂说道："凌学长，我想把你的话转达给其他藏起来的'人'，我要先走了。这次真的很谢谢你。"

　　凌寂叫叶吟和云箭送她下楼，但是她又说怕被其他"同胞"看到误会她出卖大家，最终谢绝了。凌寂也不勉强。

　　等到阮小小爬下楼梯后，凌寂这才对云箭和叶吟分别说道："我们先去保健室看看飘零和林木，然后到办公楼找学校领导——我们没有第三套防护服了，不过还有个防毒面具，你先戴着吧。"说罢从背囊里找出一个防毒面具丢给叶吟，叶吟赶紧套到头上。

　　下楼的时候，云箭问道："社长，有什么办法能让那些身上长树的人恢复原状？"

　　"身上长着树的人，啊呀……这样的叫法真叫人牙根发痒耶！"叶吟咬着牙关直摇头，"人的身上长出植物来，其实跟中药冬虫夏草有点相似，不如就叫他们'虫草'好了，这样讲起来也顺口……社长，你看怎样？"

　　"虫草，好。"凌寂点点头表示赞同，又道，"我们必须把蜇人蜂蜇人后引起的变异当成病理来研究，通过观察和实验，从中找出恢复原状的办法。"

　　听到这话，叶吟顿时瞠目结舌，因为他已经猜到凌寂在去办公楼之前要去一趟保健室的原因。

　　只是他后来才知道，自己仅猜对了一半而已……

第四章　研究对象

"拜托你了，医生！请你……请你快点杀了我吧！我不想被人看到我现在这个样子，我想死啊！"

保健室的病床上，慕容飘零的手脚都被皮带捆绑着，肌肉紧绷，汗水不断从他面部和脖子的皮肤里渗出来。

"慕容同学，医生的职责是救人，不是杀人，我不能答应你的请求。"

刘医生往脸上擦了把汗，瞥了一眼慕容飘零如同十月怀胎般鼓鼓囊囊的腹部，然后又将目光转向隔壁病床上的大个子林木。

此时，林木的左腿已经不再肿胀，因为它只有原来的一半大小，跟小儿麻痹症患者发育严重不良的腿部一样。

而在左大腿的正面，却长出了一棵一米高的绿树，

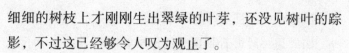

细细的树枝上才刚刚生出翠绿的叶芽，还没见树叶的踪影，不过这已经够令人叹为观止了。

十分钟前……

陆旭看了一眼因为清醒剂药效已过又再次陷入昏迷中的慕容飘零，对刘医生说："不好意思，医生，我有事要走开，如果飘零醒来，请你转告他，我回头再来看他。"

陆旭没走多久，紧急行动小组停在外边的车子也悄无声息地开走了，而后保健室忽然停电，幸好保健室有储电设备和发电机，才没陷入一片黑暗。

接着，有两个老师从门外的甬道跑过去，一边跑一边喊着："戒严！关紧门户、禁止外出……"

刘医生参加过好几次校内的紧急演习，知道"戒严"是红色风暴级的突发事态，想打电话去询问学校领导却发现电话打不出去，手机的信号格也出现了历史上从没有出现过的空白。

他猛然意识到，这一次绝对不是突击式演习！

于是他第一时间把门户给关了起来，并关掉门口的照明灯泡，又跑去反锁后门，然后把紧急事件需要用到的工具、装备和食物都给取出来做好准备。

就在这个节骨眼上，病人林木发出了凄厉的叫声，刘医生上前一看，只见有一棵树苗竟从林木左大腿里边生长出来……而且是以肉眼可见的速度持续生长！

　　如果是一般人看到这个情形早就吓坏了，至少不知道该怎么做才好，但是刘医生毕竟是个医生，在医生的眼里，人体就算发生奇怪的变化，也只是在某种特殊条件下的生物作用而已。

　　所以刘医生不但没有害怕，反而走过去认真研究起来。

　　林木大概是接受不了恐怖的突变，晕死过去，而不省人事的慕容飘零依然在昏睡，并没有被林木的叫声给吵醒。

　　不过，慕容飘零虽然一动不动，肚子却悄悄鼓胀起来了。

　　刘医生用X光透视仪检查后发现，慕容飘零的五脏六腑已经被根状异物缠绕和渗透，根状异物在蔓延的过程中不断排放出代谢的气体，所以才像给气球打气一样把病人的肚子撑得越来越大。

　　植物从慕容飘零肚子里长出来，那是迟早的事。

　　通过对林木左腿长出的植物的研究，刘医生有了更加惊人的发现。

　　林木左腿的大动脉和回流静脉竟然依附在小树的主干上，而分支的动脉和静脉分布在树枝上，毛细血管集中在叶芽上。如果叶芽长成叶子，到时候毛细血管就会跟叶脉重叠。

人体跟植物融为一体……这绝对是医学史上的奇观！

刘医生拿来电脑笔记本，迅速建立一个新文档，将这一发现详尽记录了下来。

就在这时候，慕容飘零忽然张开嘴巴深深吸了口气，大概是因为腹部的膨胀压迫到了腹腔和胸腔之间的膈，对肺部的呼吸造成了影响。

渐渐地，他呼吸的速度越来越快，最后连嘴巴也张开来协助呼吸，随后，他脸部的肌肉倏然抽搐地起来……

难受地咳嗽一声后，慕容飘零猛然睁开眼睛，看到自己的肚子成了个紧绷绷的大气囊，有点不敢相信自己的眼睛。但是用力眨了眨眼，又从肚脐的形状确认那是自己的肚子后，顿时目瞪口呆，整个人严重石化。

一时间，想到自己向来引以为傲的修长身材变得比猪还不堪，慕容飘零气急攻心，差点就精神崩溃了。

不过，暴风雨来临前通常都是比较平静的。

当时，慕容飘零用不可思议的冷静语气问了刘医生一句话："刘医生，请问我得的到底是什么病？有什么办法可以治疗？"

刘医生无可奈何地摇摇头，坦白道："这是医学史上从来没有过的病例，在治疗方面还没有相关的技术和经验……"

接着，慕容飘零的视线一偏，透过隔在两张病床间的屏风缝隙看到躺在隔壁病床上的林木左腿上长出的那棵小树……然后面如死灰。

"我……会变成他那样子吗？"慕容飘零心有预感。

刘医生遗憾地点点头。

几秒钟后，慕容飘零情绪大变，完全丧失理智，拼命地哀求刘医生把他给杀掉，刘医生只好趁他当时身体虚弱赶紧用病床附带的皮带把他的四肢给绑了起来，连累林木也受到了一样的待遇。因为刘医生怕病人激动起来无法控制。

正当慕容飘零即将声嘶力竭，而刘医生打算拿镇静剂过来的时候，保健室的门被敲了三下，接着传来凌寂低沉的声音："刘医生，我是凌寂。"

听到凌寂的声音，刘医生大气一松，然后把门给打开。

"啊——"看到门外两个穿着怪异的人，刘医生吓得直往后退。

"医生，别怕别怕，这两位不是外星人，他们不久前才

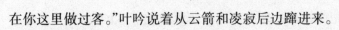

在你这里做过客。"叶吟说着从云箭和凌寂后边蹿进来。

三人进门后，凌寂和云箭才脱去了防毒面具，刘医生恍然大悟，然后把三人引进病床前。

看到发生在林木和慕容飘零身上的变化，三人都没有露出过于意外的表情，这反倒把刘医生给弄糊涂了。

凌寂于是把戒严的原因和其他一些情况告知刘医生，然后请刘医生对林木和慕容飘零两人进行详细的观察和研究，刘医生马上明白事关重大，二话不说就答应了，然后把自己先前在两个病人身上发现的状况向凌寂一一报告。

在凌寂和刘医生谈话的时间里，云箭和叶吟两人轮番安抚信心已经被绝望吞噬大半的慕容飘零。

慕容飘零听到真相后，知道很多人都跟自己一样，又听说凌寂过来就是为了寻找帮受害的同学复原的办法，于是心中萌生希望，情绪渐渐缓和下来。

"我跟你们说哦，你们以后要是把我现在这个样子讲出去，我一定请国际杀手把你们两个给灭口。"慕容飘零开起玩笑来。

"少来了，谁不知道你的钱都填进保养美容的大坑里了，你哪来的钱找国际杀手啊？"云箭嗤笑道。

"我觉得啊，飘零你最好还是买一面魔镜回来，先把魔镜里出现的人通通给灭口吧。"叶吟的讽刺更是一针见血。

慕容飘零无言，只剩苦笑的份。

……

所有人都没有注意到，在刚才关门的瞬间，有一只绿色的蜇人蜂从门上的缝隙里悄悄飞了进来。

它飞到光线不足的角落，然后降落到电线盒上。

此时，它缓缓转动着血红色的眼睛，一双又长又细的触角伸得老直，触角末端的两个小圆点摇来摆去，每过几秒就伸到嘴里又吐出，好像在收集和分析空气中隐含的气味和信息。

大部分昆虫视力都不好，尤其是在夜晚。

所以只能靠嗅觉来分辨敌我。

保健室跟外边可不太一样，至少空气成分不太一样。

空气中弥漫着消毒药水的味道。

这种味道对它似乎造成了一定程度的干扰，所以它不得不花点时间去寻找它要攻击的目标。

几分钟后，它已经确定，空气中除了消毒药水外，还有其他几种源源不断的气味，其中有几种是出自人类身上。

这附近至少还有两个正常的人类！

它抬起一对前足，打开外壳，展开翅膀，循着其中一个味源，然后后足一蹬，朝着目标俯冲过去。

……

这边，云箭和叶吟两人已经从玩笑发展到玩闹的地步。

叶吟用不怀好意的眼神看了一眼云箭，然后笑吟吟地对慕容飘零说："飘零，我告诉你某人的一件糗事哦。上个星期不是有个音乐系的学长出车祸嘛，两条腿包着石膏坐轮椅还坚持来上课，还被学校领导点名表扬来着。

"他家人给他请了一个看护，跟着来学校里照顾他。那个看护是个美眉，而且年纪跟我们差不多而已。有一次云箭跟我去超市购物撞见她，云箭想跟人家搭讪，很老套地凑过去撞人家。

"他选的时机不对，人家当时在选卫生巾呢，被他一撞，手里的卫生巾掉到地上，女孩子当下脸就红了。云箭这个脑残的家伙还在那里耍白痴，说什么真对不起我不是故意的让我帮你捡起来……你知道后来怎么样吗？真是笑死了……"

"喂——不准说了！"云箭冲过来要捂叶吟的嘴。

叶吟随手拿起一个没有放任何药物的空托盘，左右开弓，把云箭舞动的两只手给拨开，嘴里继续说道：

"人家叹了口气，很无奈地说：'小弟，你是从早上到现在为止，第二十九个撞上我的人了……我真不明白，你们这个学校的学生，为什么有近视的人都不戴近视眼镜呢？'"

"哈……那个看护很可爱嘛……真遗憾呢，没跟她认识到。"慕容飘零抿嘴而笑，苍白的脸上渐渐恢复了血色。

"不会啦，有我这个超级无敌的搭讪高手在，怎么可能没认识到人家呢。"叶吟笑着做了个鬼脸，"我当时走过去，对那个看护这样说……"

……

原本就快飞到云箭脖子上的蜇人蜂，很不幸地被一个破空而来的托盘打到，掉落到了门后的垃圾桶里。

然而，蜇人蜂有着一身坚实的甲壳，意外的撞击并没有让它受到太大的伤害，只是眩晕了片刻就又清醒过来。

两只血红的眼睛明亮起来……人类把它给激怒了！

它飞上天花板，看准时机，悄无声息地落到了云箭的头发上。云箭的头发用了不少发胶，结块发硬，如同一层路障，它一时找不到头皮扎，只好蠕动身子，钻进头发深处。

接近头皮后，它掉转身体，让头朝上，尾巴朝下，并且伸长了黑色的尾针！

……

"我问了她的手机号码还问了她在哪个看护公司工作后，就对她说我们要走了。否则人家会觉得我们想缠着她，这样会留下不好的印象。

"可是云箭那笨蛋却不明白我的良苦用心，说没事走那么快干什么，不如大家一起吃个饭好了，还冒失地伸手想要帮人家提东西……人家是别人请的看护耶，怎么可能有空跟我们一起吃饭嘛。连这个都不懂，真是气死人了，所以我忍不住去拍他的头……"

叶吟说着就一掌朝云箭脑袋拍过去，云箭本来是可以轻易躲开的，不过为了逗飘零开心，就装着反应慢了一拍，被叶吟给拍了一下。

"然后我就对人家说，这个家伙有间歇性功能失衡综合征，先前撞到你就是因为他这个病发作了，所以我得拍他的头才能让他的症状减轻……就像这样……"

叶吟又拍了一下云箭的头，接着说："你猜那个看护怎么说？那个看护居然说她以前也护理过这样的病人，叫云箭如果有需要的话可以跟他们公司联系一下，还给了我们名片。"

"哦！也就说还有后续发展咯？"慕容飘零兴致高昂，似乎忘了自己正大着肚子。

"哼哼，后续发展啊……"叶吟耸耸肩膀，"那就要说到第二天中午……"

……

如果蜇人蜂有思想的话，估计它会被气疯。

因为，叶吟前后一共拍了云箭两次头，第一次让它弹出头发表层，第二次让它被迫做了个长长的抛物线自由落地运动。

这还不算是最倒霉的……最倒霉的是，它落下的地方竟然放着一个细颈瓶。

而它刚好从瓶口掉了进去！

不幸中的大幸是瓶子里空空如也，没有装着液体，不然它一定会被淹死。

它挣扎了一阵，可是徒劳无功。

瓶子内壁十分光滑，爬肯定是爬不上去了，飞就更别指望，瓶口太小，翅膀一张开就把身体卡住了。

突然，它停止了挣扎。

它感觉似乎有人类的声音在靠近！

……

"从目前的情况来看，人是本体，植物是寄体，寄

体生长所需要的主要营养就是来自本体。除了吸收血液的营养外，它的根部好像还能把人的肌肉骨骼分解成可以吸收的有机物溶液。而它最复杂的地方就是跟人体的组织融为一体，很难通过手术和药物除去。"

刘医生摇摇头表示暂时还没想到可行的治疗方法。

凌寂问道："吸收人体的营养给寄体生长提供能量，可是人体的营养迟早会消耗完，寄体到时会通过什么其他方式来补充营养呢？"

"关于这个问题，目前我还没找到答案。但是有一点是可以确定的，寄体是植物或者植物的种子，但是它在没有光合作用的情况下也能迅速生长，说明它跟一般植物并不一样，需要的营养物质也绝非阳光、水和土壤。它需要的营养就在人身上，当寄体营养缺乏的时候，只能吞噬和消化其他人类来补充营养。哎……真不敢想像那个情景。"

"既然这样，能不能请你配置一些可以让寄体短时间内失去行动能力的药物，最好是注射液，装到针筒里备用。"凌寂已经考虑到应付的方式。

刘医生脸上闪过一丝忧色，小声道："如果用血凝剂加上神经毒素应该可以达到你说的那种效果，我可以马上配出来，不过……这种注射液容易致命，希望凌会长你慎用。"

"请放心，我自有分寸，不到万不得已的时刻我是不会用的。"

"那请你跟我过来一下吧。"刘医生引着凌寂朝药柜走去。

刘医生打开药柜，取出两瓶药水和一排没用过的针筒和针头，放到下边的小桌上，接着就要找容器去稀释和混合两种药水。

蓦地，他眼前一亮，缓缓伸出一只手，从众多透明的瓶罐中抓出一个细颈瓶，并迅速拿起一个软木塞把瓶口给塞住，然后转过身把瓶子给凌寂看，以颤巍巍的声音说道："凌会长……你说的绿色蜇人蜂……就是这个吗？"

凌寂眉头一蹙，显然有些意外，他看了看瓶子里的蜇人蜂，同时手指弹动了几下，低声道："我也没见过，但是应该没错，它跟林木所描述的十分吻合……刘医生，这就是传播寄体的媒介，又有两个被寄体感染的病人在这里，我想这对你的深入研究会很有帮助。"

"是的！有了这小东西，想要研究出消灭寄体的办法就容易多了！"刘医生两眼射出兴奋的光芒，不过转念一想，却紧张起来，"这小东西难道是刚才开门的时候飞进来的吗？该不会还有……"

"应该就只有这一只。"凌寂颇为肯定地说。

"为什么这么说呢?"刘医生不解。

"如果还有第二只,我们这里早就有人被蜇了。"

"说的也是……只是说起来真是奇怪,它怎么偏偏掉到这小瓶子里呢?"刘医生可不太相信世界上有守株待兔这等好事。

"刘医生,现在不是研究这个的时候。"

"啊!不好意思。我马上去配注射液。"

刘医生把细颈瓶小心收了起来,然后给凌寂配好注射液,抽了十个针筒,小心翼翼地在每个针头上包上胶套。

凌寂把针筒放到了背囊外层,走到慕容飘零的病床边,简单安抚了飘零几句,然后对云箭和叶吟两人打了个手势,提醒他们该走了。

慕容飘零脸上写满了不舍,云箭和叶吟却不得不走,只好跟他道别,并答应只要事情办完会第一时间回来探望他。

走到门口,凌寂、云箭和叶吟三人再次戴上防毒面具,不过就在这个时候,凌寂却做出了令在场所有人都始料不及的事情。

趁着叶吟调整面具的时机,他忽然从后边抓住叶吟的双手往背后扭,不理会叶吟的惊叫和挣扎,两三下就用绳子把叶吟的双手捆了起来。

云箭吓了一跳，"社长，你要做什么？"

凌寂没有回答，检查绳子捆得够结实后，转头对同样大为意外的刘医生说道："这个人才是研究躲避传播媒介的关键……他没有采取任何防护措施，但是在蜇人蜂出没地区走动却没有受到攻击。我相信，他的身上藏着避免攻击的方法。"

"喂！凌寂，我没被攻击是我吉星高照好不好……你怎么可以就这样把我当白老鼠送给人！我可以告你贩卖人口的哦！"

叶吟气急败坏却不失冷静，他见自己的话对冷面无情的凌寂产生不了效果，转而对刘医生吓唬道："刘医生，你摸摸自己的良心问问，拿活人做实验是什么样的行为，你在医学院里读书的时候应该也修过相关医疗法律吧——"

凌寂没有让叶吟继续说下去，他一把将叶吟的防毒面具抽掉，然后将早就准备好的胶布贴住了他的嘴。

"刘医生，他就交给你了。切记，不要随便撕开胶布！"凌寂说着推了叶吟一把，刘医生赶紧过来扶住。

凌寂又说："希望你把他作为优先研究对象，因为现在最重要的事是找出避免受攻击的方法，让那些还没被寄生的人逃过蜇人蜂的攻击，阻止事态扩大到无法收拾的地步……还有，法律的问题请你不必太过顾虑，因为现在是特殊事态，特殊事态必须特殊对待。"

刘医生感觉自己责任重大，郑重地点点头："我知道！研究的事情就交给我吧！"

凌寂打开门，径直走了出去，云箭跟在后面。

在关门的瞬间，云箭看见了叶吟那张原本漂亮的脸蛋扭曲起来，知道叶吟的歇斯底里症又要发作了，心里不忍，追上凌寂，急道："社长……真的有必要这样吗？叶吟是我们的同伴啊！"

"现在大局为重，不是感情用事的时候。"凌寂的声音波澜不惊，语气却不容置疑。

云箭听着一愣，暗下思忖，也不得不承认凌寂说的有道理，现在就算让叶吟跟着来也起不了多大作用，把叶吟留给医生，让医生从他的身上寻找出解救其他人的办法，这才是目前最重要、最紧急的事情。

理性上虽然支持凌寂，感情上却有点接受不了凌寂那种霸道的作风，再说，抛弃朋友这种事情他实在做不出来，一时脑热，就想开口对凌寂说要回保健室去帮刘医生的忙。

不过有一个人刚好在云箭说话的前一秒开口道:

"大局为重,说得好!"

那是一把阴沉又磁性的声音,若即若离、捉摸不定,而且带着丝丝寒意,穿透力极强,瞬间就渗透到了幽暗的夜色之中。

话是对凌寂说的,但是说话那人却不在凌寂和云箭的视野里。

两人听声辨人,已经知道来者何人,所以他们没有东张西望,反而不约而同地抬起头来。

保健室大门前方二十米远的地方,那里孤零零地立着一根十五米高、三米粗的罗马式白色圆柱,属于大型雕塑艺术品。

圆柱的上端是一个连着柱身的方形托垫,托垫上原来是空无一物的,可是此时那上边竟然站着一个人。

月色溶溶,洒在那人身上,那是一个二十出头的年轻人,从下到上,穿戴着黑色长靴、白色紧身马裤、黑色皮带、黑色手套、白色高领衬衫,把一件里红外黑的长袍系在身上。

夏夜里这样的穿着打扮本来就够突出了,可是最突出的是他的左腰的皮带上还挂着一把银色的西式长剑,看到他这身装束会让人一时恍惚,以为自己回到了几个世纪前的欧洲。

　　不过，那人还真是一个欧洲人，留着一头柔顺飘逸的褐色长发。月光从头的右侧斜照下来，可以看到他的脸上戴着一个灰色的薄膜塑胶面具，把额头、后脑和下巴通通包裹起来。

　　那个面具虽然也有两个眼孔，但是却装着一层透明玻璃。

　　此人正是星座同盟中出没最神秘的天蝎座，艾霖（这只是中文名，本名叫奥西斯·JK·罗丹布鲁克），今年二十岁，大二考古系。

　　除了知道他不喜欢跟人接触和经常白天失踪外，其他方面，社团里除了社长王剑掌握一些资料外，就很少有人知道了。

　　凌寂掐手一算，沉吟一句："东北、流水位、文笔高耸、仙人指路，土克水……土命贵人来。"然后高声说道，"艾霖，很久不见，不知道你出现在这里是为了什么？"

　　艾霖挺直身子，目光炯炯地回道："我不喜欢多管闲事，但是现在学校陷入危机，身为学校的一分子，我不能坐视不理。"

　　这时，一阵大风拂过，黑色的长袍遮住艾霖大半身体，褐色的发丝也飘舞起来，一根根扫过他灰色的面具。

远远看起来，真的很像从电影里跑出来的西方吸血鬼。

云箭不禁想道，难怪只见过艾霖一面的小魔怪就给他取了个外号叫"吸血伯爵"！

凌寂不动声色，道："有话请说。"

"你现在要去哪里？"

"办公楼。"

艾霖看了看办公楼的方向，又转过头来，道："那里现在已经没什么人了。"

"学校领导和员工呢？"

"大部分躲藏起来了，小部分已经落到了一群学生的手里。"

"什么！"云箭大吃一惊，"那些人到底是什么人？他们想对学校领导干什么？"

云箭问的问题也正是凌寂想知道的，所以凌寂没有怪云箭插嘴，两眼直视艾霖，等待着他的回答。

"你们到大礼堂就知道了，欧阳行烈、白伊洁、陆旭等人都在那里。"

说罢，艾霖退后一步，同时一手抓起长袍往身前一卷，黑色顿时将他的身体遮盖，瞬间融入空洞的夜色中，然后只听见"嗖"的一声，定睛再看，托垫上已经空无一人。

云箭以前见过一次艾霖的出场和退场，那时也是在夜里，艾霖悄无声息地出现在八米多高的纪念塔上，走的时候也是用长袍往身前一卷，然后消失得无影无踪。

一直很纳闷艾霖是怎么爬上高塔，又是怎么瞬间就下去的，想来想去觉得只有一个可能：艾霖一定偷偷学过空间转移的大型魔术。

不过把这事跟叶吟说后，叶吟却提出了一个非常天方夜谭的假设：艾霖也许真是个能力很强的吸血鬼，可以变成蝙蝠，这样一来，飞上飞下自然不成问题。

云箭自然不会当真，只是心里有些感慨：真不愧是写小说的……

"云箭，你要跟着来吗？"凌寂打断了云箭的思绪。

本来云箭是想要回保健室的，但是刚才听了艾霖的话，知道在他们刚才待在保健室的十几分钟里，学校已经爆发大混乱，而且好像连欧阳行烈、陆旭他们都被卷入其中，不晓得他们有没有危险。

自己必须去看看才放心，而且相对来说，叶吟被强行留在保健室里虽然比较委屈，但至少目前还算安全，所以他觉得欧阳行烈他们那边的事态可能更为紧急一些。

云箭回过神来，忙不迭点点头，心急火燎地说："事不宜迟，我们快走吧！"

第五章　　建校以来的最大危机

在体育馆拿到了比赛组委会颁发的冠军奖杯后，火力队的队员们在篮球场上开香槟、跳舞，好好庆祝了一番。

玩够疯够，欧阳行烈叫上另外两个前来观战的友队队员，请大家一起去附近的海洋大饭店吃饭。在比赛前一天，欧阳行烈就打电话给饭店定了一个可以容纳五张大圆桌的豪华套间，似乎早已对比赛胜券在握。

一行五十多人离开篮球场后，热热闹闹、喜气洋洋地朝北门走去。

靠近宿舍区的时候，他们都听到了闹哄哄的声音，一群人感到好奇，于是绕到宿舍区入口……然后就看见了相当震撼的一幕。

宿舍区是整个用铁网围起来的，那种铁网跟监狱里头的一样，有十来米高，要爬过去相当困难。

可是此时，放眼望去，很多人在爬铁丝网，他们手脚并用，费力地朝上爬去。从里边爬，爬到铁网最高点后翻到外边来。

当然，宿舍区的入口不可能没有门，只是门却只开了一点，只能容一个身材比较瘦小的人出入。门是电动型的横式收展门，只有五米多高，但是门上的金属异常光滑，所以大家只能选择爬铁网。

走近一看才发现，其实门并不是只开了一点，准确来说，应该是没办法完全关起来。

原来，横式收展门和墙边之间竟然夹着一个大胖子的尸体。

无论是谁看到这种亡命狂逃的场面，都会马上想到，宿舍区里肯定发生了非常严重的事故，而且很有可能会危及学生的生命安全。

欧阳行烈抓住一个因为眼镜掉了而回头去捡的男生，问道："里边出什么事了？"

眼镜男看到一大帮身材高大的家伙围上来，慌乱地大呼大叫："怪物啊！宿舍区里忽然出现了好多怪物！"

"什么样的怪物？"欧阳行烈追问。

"人、人……"眼镜男结巴起来。

"人?"欧阳行烈抡起硕大的拳头,"你敢耍我!"

眼镜男连忙摆手:"不是啊!不是啊!是人的身上长出了植物,你说、你说那不就是怪物吗?"

欧阳行烈瞪眼,又问:"哦!有意思!宿舍出现怪物所以紧急疏散,那入口的电动门怎么没打开?"

眼镜男咬牙切齿说道:"都是那些王八蛋……那些值班人员、管理人员还有巡视的警卫,他们挂了个'戒严'的牌子,然后全都跑掉了。他们逃掉后,电动门就自动关起来了,大家都怕怪物,而且又忽然停电,手机也打不通,不知道到底发生了什么事情,所以都拼命地往外逃。"

"还知道其他什么消息吗?"

"没、没有啦!"眼镜男摇头不已。

"滚吧!"欧阳行烈将眼睛男随手一丢,然后看着混乱的人群,忽然间沉默了下来。

"……队长,我们现在怎么办?"有一个队友小心翼翼地问。

"我要找学校领导谈点事!"欧阳行烈把拳头握得啪啪直响。

一群人气势汹汹地冲进办公楼,楼内外十二个警卫

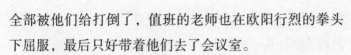

全部被他们给打倒了，值班的老师也在欧阳行烈的拳头下屈服，最后只好带着他们去了会议室。

会议室的木门很结实，但是篮球队员们没几下就把它给撞开了。

会议桌旁坐着的十七位校领导和老师见到一群高大的学生撞门进来，全都吓了一跳。

副校长刘宇最先镇定下来，看着欧阳行烈声色俱厉道："这位同学，请问你带这么多人闯进这里来干什么？这是会议室！我们正在召开紧急会议！请你马上出去！"

欧阳行烈嘲弄地笑笑，对着副校长刘宇说道："刘校长，外边发生了那么大的事情，我认为我们这些学生也有知情权，毕竟，这是有关生死的大事！我想问，你为什么关闭宿舍区电动门？还要发布戒严令？你知不知道校内已经发生了大骚乱？"

"这位同学别激动，有话好好说啊……"

"同学，你不要来闹事，这是我们领导探讨的问题，还轮不到你来管！"

"你叫什么名字？我一定要处罚你！"

……

对于纷乱而激烈的劝解和责骂，欧阳行烈置若罔闻，从容地将众人扫视一遍，忽然大叫一声"呀"，同时两手抓住桌子的一角，用力掀起来。

十米多长、一米多宽，重达两百公斤的会议桌整个侧翻过去，还砸烂了不远处的玻璃窗户，连窗户的铁栏杆都弯曲变形了。

众领导、老师惶然退到墙边，一时间，大家都被欧阳行烈的粗暴行为给震慑住了，一个个呆若木鸡。

"很好，耳根终于可以清静一会儿了！各位领导，抱歉！弄坏了桌子跟玻璃窗，我一定会双倍赔偿的，你们放心。但是，我觉得你们在这里开会效率太低，还是跟我走一趟吧，我希望你们面对同学们，把话给说清楚。这难道不是你们现在最应该做的事情吗？"欧阳行烈话音一落，身后的篮球队员立即逼上来。

学校领导们无法反驳欧阳行烈，因为身为领导，在出事的时候要是不敢面对学生，那是一件很丢脸的事，所以即使他们都很不乐意，但是碍于面子，也只好唯唯诺诺地答应了。

十几分钟后，会议室内，十七个领导全跟着欧阳行烈走出了办公大楼，而还留在办公楼里的其他老师和其他领导都纷纷散去，找安全的地方避难去了。

离开办公楼，欧阳行烈分出十个人来带着领导们前

往操场，自己则带领其余人到处去察看情况。

这时，在前边的林荫大道上迎面走来一个人。

那人西装革履，身材修长，长长的头发用一根白绳扎成马尾，一字眉下边长着一双菱形的眼睛，戴着银色镜架的眼镜，一副书生模样。

"白伊洁！"欧阳行烈叫住了那人。

此人正是星座同盟的处女座白伊洁，二十一岁，大二外语系，外号"欧巴桑"。

白伊洁用食指托了托眼镜，道："原来是欧阳啊，很久不见，比赛结果怎么样了？真不好意思，因为我今天一整天都在写辩论的稿子，所以没空去看你的比赛。其实在吃晚饭的时候，我想打电话过去问的，可是后来想想又觉得还是过一阵再打给你好了，因为你这个时候一定在忙着庆祝……"

"你的心意我领了！"欧阳行烈不得不打断对方的滔滔不绝，"你要去哪里？要去做什么？"

"我正要去办公楼啊！因为宿舍停电了，我的打印机不能用，我知道办公楼里肯定有电，所以想去那里找认识的老师借打印机用用。"白伊洁微笑着说。

"你来的路上，难道没碰到其他人？不知道发生什么事情吗？"欧阳行烈看到白伊洁若无其事的表情，疑窦顿生。

"有啊。怪物的事情我听说了。"白伊洁淡定地说，"不过那不是发生在我住的宿舍区，而且，我要打印的文件很重要，就算发生火灾、谋杀案，或者其他更严重的事故，我都必须在今晚把它给打印出来，不然我下个月的计划就要全盘推翻了。"

欧阳行烈大笑起来："你的话还真他妈的有意思，如果整个学校的管理陷入大混乱，如果我们全都困死在学校里，你下个月的计划还有什么狗屁意义？"

"什么意思？"白伊洁眯了眯眼，眸子变得深邃而幽暗。

于是，欧阳行烈简单几句话把从学校领导那里得来的情报告诉白伊洁。

白伊洁听后摇了摇头，然后露出了一个若有若无的苦笑。

"看来，下个月的计划只能临时搁置了。抱歉了，我亲爱的计划书，我也是身不由己啊……现在，好像有更重要的事情等着我去做。"白伊洁走到欧阳行烈面前，伸出手来，"欧阳，我们合作，怎么样？在这里碰到也许是命中注定，就让我们来一起逆转命运吧！"

"好，欢迎你的加入。白伊洁，你的头脑很好，做

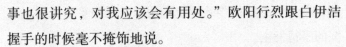

事也很讲究，对我应该会有用处。"欧阳行烈跟白伊洁握手的时候毫不掩饰地说。

"既然这样，那就不要浪费时间了，马上给我十个人，让我先去建立总部吧，我们的总部最好设在……另外，我们还需要足够多的物资给未来的大规模行动提供保障……兵贵神速，最好是马上行动！"

白伊洁噼里啪啦地跟欧阳行烈说了一大堆，后者听着不断点头，显然白伊洁所言很合心意。

欧阳行烈对众人喊道："好！都听到了吧，你们几个跟他去，其他人跟我去超市！"

接着，欧阳行烈和白伊洁兵分两路，执行他们各自负责的任务去了……

清晨时，宋凯就起来做早餐了。

因为只是一个人吃，所以并不讲究，拿了两根香肠和两个鸡蛋，他打算做香肠荷包蛋。

这份简单的菜色，自己至少已经练习和研究了五十次，可是却怎么也比不上家里妈妈做的那种味道。

巨响袭来的时候，他正在打鸡蛋，结果因为一时惊吓，鸡蛋从手上滑落，在地板上摔了个稀巴烂。

低头看着那一团浑浊的蛋黄，他忽然感觉心头凉凉的，有一种不好的预感浮上心头，今天似乎会有让人想哭的事情发生。

不久后，宿舍的广播告诉了大家真相，说是有树木被砍倒而已，让大家不要惊慌。

不过，只要稍微一想也知道，能弄出那么大动静，被砍倒的肯定是"永恒之树"——这一带森林中最高最老的大树。

生长了数千年的参天大树，经历了那么多风雨兀自屹立不倒，没想到最终却是死在人类手上……

身为一个爱好种植花草的人，宋凯感到十分伤心，连早餐都没心情做了。

还是去给心爱的花草们浇水施肥吧，也算是一种心理补偿……

宋凯的宿舍是两房一厅的高级公寓套房，卧室里那个朝东的窗户被他改成了植物园，里边井然有序地摆放着各种各样的植物。

其中，有几盆西班牙玫瑰红得耀眼。慕容飘零阳台上那二十盆西班牙玫瑰，还是他友情赠送的呢。

给玫瑰喷水时，宋凯的目光顿时一闪——有一盆玫瑰花的叶子上，不知道什么时候停着一只蜂。

蜂的身体绿莹莹的，眼睛却是红色的。

宋凯有看过蜂类的图谱，知道那不是常见的蜜蜂和马蜂，也不是在图谱上见过的其他蜂类。

奇怪，他住在十八楼，这么高的地方怎么会有蜂飞上来呢？

找来一根棍子，他想把那只蜂给赶走，因为他在植物园里要培育一些花草的新品种，蜂类要是在这里传播花粉，可能导致培育失败。

举起棍子的时候，他突然有一种诡异的感觉，那只蜂的一双红色小眼睛好像在瞪着他似的。

棍子落下，没有击中目标，因为他怕打伤玫瑰花，所以下手慢了。

然而，那只蜂的动作却快得堪比世界一流杀手，他只看清楚有一个模糊的影子从眉心间掠过，然后额头一阵奇痛，眼泪刷一下就流下来了。

及时用消毒水洗过伤口后，疼痛的感觉减退了不少，肿起的小包也停止了膨胀的趋势。

下午本来想叫陆旭过来，跟他讨教一下韩国菜的做法，不过打陆旭的手机，他却说下午要跟慕容飘零谈学园祭的事情，没空过来。

宋凯只好一个人在厨房里照着菜谱摸索练习。

色拉油没了。

宋凯只好摘下围裙，换上外衣，戴上鸭舌帽，前去超市。

如果不是需要买东西，假日里他是很少出门的，陶逸当面叫他"家里蹲"的时候，他也只是笑笑，不气恼也不反驳，因为事实就是如此。

在超市里走走挑挑了一个多小时，忽然间停电，不过超市里有发电机，十分钟后又恢复了电力。他这时才意识到时间已经很晚了，于是推着塞得满满的购物推车走向柜台。

"砰！锵——"

突然，只听见玻璃门粉碎的声音，随即就看见有一个人破门而入。

那不是一个普通人，至少在外表上看绝对不是。

那个男生衣服破烂，头发乱七八糟，看起来狼狈不堪，但是最让人害怕的是他的手脚长着绿色的刺针，衣服和刺针上都沾着鲜血——尤其是他屁股上长着一条尾巴！

小树一样的尾巴！

站在柜台后边的女收银员顿时尖叫一声，缩到柜台下边去了。停留在附近的几个客人也大为惊恐，纷纷叫着"怪物"作鸟兽散。

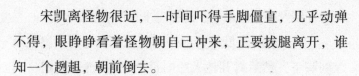

宋凯离怪物很近，一时间吓得手脚僵直，几乎动弹不得，眼睁睁看着怪物朝自己冲来，正要拔腿离开，谁知一个趔趄，朝前倒去。

不偏不倚撞倒了身前的一个半人高的货柜，没想到正巧把迅速靠近的怪物压到了下面！

怪物的腰部受到重创，惨叫连连，想推开货柜却推不动，一时半刻出不来。

宋凯跌在货柜上方，也吃了不少苦头，胸腹被硌得像被用大锤子各敲一记。

睁开眼睛，隔着货柜，看到近在咫尺的怪物，他大叫一声跳了起来，然后拼命后退，不小心脚底一滑又跌到了地上。

神经发麻加上身体虚脱，宋凯怎么努力也爬不起来，鼻子一酸，忍不住"呜呜"抽泣起来。

这时，那个怪物奋力挣扎，一点点从货柜下抽出身体，并用愤怒的眼神望向倒地不起的宋凯。

"他逃到超市里去了！快来！"外边有人喊道，然后又传来其他人的呼应。

那个怪物惊恐不已，钻出货柜后想夺路而逃，可是才踏出一步就跪倒下来——他的一只脚被压伤了。

让宋凯感到惊喜的是，欧阳行烈竟然带着十几个高大的青年人拥了进来……这样一来自己有救了！

"哼，还跑！"欧阳行烈一抬腿就把怪物的头狠狠给踩到脚下，然后对其他人吩咐道，"去找绳子来把这个怪物捆起来……"然后转向柜台后边的收银员，"小姐，给我仓库的钥匙！"

收银员本来因为英雄出现而欣喜不已，哪想到英雄转眼就变强盗了。她什么话都不敢多说，老老实实地把仓库的钥匙交了出去。

欧阳行烈把钥匙抛给一个蓝衣青年，道："你带人去仓库，多搬点饮料、食物和可以当武器的家伙。"

蓝衣青年应声，然后带上七八个人去仓库。欧阳行烈也不闲着，跑到花卉专区翻找东西去了。

宋凯整个人都蒙了，先是停电，接着出现怪物，然后社友欧阳行烈带人来抓怪物，抓住怪物后又对超市……实行抢劫！

这个世界到底是怎么了？

欧阳行烈捧着一个一米多长的大铁罐走过来，宋凯这时刚好爬起来，让他不禁多看了一眼，这才认出这个戴鸭舌帽遮盖上半部分脸的人是宋凯。

宋凯发现欧阳行烈走到自己跟前，紧张得手都发起抖来，偷偷瞥了一眼，没看到欧阳行烈的脸色，却看到

他抱着的那个大铁罐上边写着"强效杀虫剂"几个字。

"原来'家里蹲'也在这里啊，真是少见啊。"欧阳行烈随手从旁边的货柜上抓起一包面纸朝宋凯脸上丢去，"拿去擦擦眼泪吧——本来我是急着用人的，可是像你这样的胆小鬼我实在想不出有什么用处，所以奉劝你最好乖乖找个地方躲起来，现在外边有很多怪物，小心被当晚饭吃掉。"

说完，欧阳行烈若无其事地从宋凯身上跨过去，走到门口，大声召集道："兄弟们，好了没有，我们要走了！"

其他青年听到欧阳行烈的话后，都抱着几个箱子走出来，欧阳行烈对柜台后边的收银员说："小姐，对不起，我们忘记带钱了。"

然后，一群人嘻嘻哈哈地抱着抢来的东西并押着那个怪物，向店外走去。

看到他们要走，宋凯终于松了口气。他把鸭舌帽摘下来，用手去擦额头的汗水，可是手指却碰到了一个奇怪的东西。

在天灵盖的头皮上，摸起来细长条、捏起来半软半硬，弯折很有弹性，手感微凉。

那是很熟悉的感觉，只是一时说不上来……对了！

植物！早上给植物浇水施肥的时候，手指记忆最多的就是这种感觉！

"砰——"有个青年抱着几个箱子，最上边那个忽然滑落下来，他把其他箱子放下，回身蹲下去搬。

偶然间，这个青年在起身的时候，看到了宋凯头上长出的植物！

"队长！队长！快看！那个小子的头……"

欧阳行烈听到叫喊，赶紧折回来，顺着那个青年所指的方向，也看到宋凯头上的东西，他立即把手上的东西放到一边，然后大步朝宋凯走去。

宋凯害怕得直往后退，嘴里嚷着："不要……不要……"

"家里蹲，算你倒霉遇上了我！我倒不想为难你，但你现在是个大祸害，所以别怪我不客气。"欧阳行烈边说边加快了脚步。

"不要……不要抓我！"宋凯转身拔腿就跑。

欧阳行烈是篮球队长，身高腿长，跑起来是很快的，只是在货柜林立的超市里却显得有些迟钝，所以一下子追不上宋凯。

"来两个人帮忙，包抄！"

两个青年放下手上的箱子过来帮忙。

宋凯被逼得无路可走，拐进了超市通往地下室的通

道，欧阳行烈和另外两人在后边穷追不舍。

眼看距离越缩越短，宋凯发出了绝望的号哭声，但是昏暗的过道前边有一个亮着灯光的铁门敞开着，给了他最后一线希望。

那是仓库的门，欧阳行烈的手下们不久前才用抢来的钥匙打开了门，他们离开后竟然没有拔出插在门上的钥匙！

宋凯灵机一动，把门上的钥匙拔出来，然后转身把门给关了，拧上反锁。

"妈的！家里蹲，你给我出来！"任凭欧阳行烈他们在外边怎么叫骂和踢门，宋凯就是不回应，更不可能开门。

"队长，我去找气焊枪来吧！我刚才有看到储藏室里放着电焊和天然气瓶。"其中有一个青年向欧阳行烈提议。

欧阳行烈暴躁地说："干！居然在我眼皮底下逃跑，不抓到那家伙我就不爽，快去拿来！"

隔着一道铁门，宋凯也听得清清楚楚，知道欧阳行烈等一下就会拿气焊枪来拆门，心里慌乱不已，眼泪止不住地往下流。

半分钟后，欧阳行烈果然开始用气焊枪来拆门，门上出现了红色的光条，并且不断延长。

宋凯痛哭流涕："妈、妈妈……"

随着时间的推移，门上的红色光条已经快形成一个长方形，宋凯这时才猛然意识到，妈妈是不可能来救自己的，能救自己的也许只有……

他拿出手机，飞快地写了一则短信：

超市发现怪物，植物怪物！我很害怕，可是没想到我自己也成了怪物，这或许跟奇怪的蜂有关。现在我躲在超市的仓库里，欧阳行烈在外边用气焊枪拆门，想要把我抓出去。我感觉他会杀了我！救命！

很快，手机屏幕上显示"短信发送成功"，与此同时"砰"的一声，铁门被人一脚踢开了！

第六章 分 裂

超市发现怪物，植物怪物！我￥%&)_#$%^、u*^%##0t%^%￥%…1※&、CCH2；5？HK？、3__T·66……

这条短信是社友宋凯发来的，但是很奇怪，因为除了开头那十来个字，后边的全是乱码。

宋凯今年才十八岁，大一会计系，星座同盟里的巨蟹座。

陆旭跟宋凯的交情源于两人有着共同的兴趣，那就是烹饪。

在厨艺上，除了交流学习，有时候还会互相切磋，属于气味相投的那种好朋友。

因为两人从认识到现在已经有一年多了，所以陆旭非常了解宋凯的个性，知道他绝对不喜欢开荒诞的玩笑，更不会发奇怪的乱码来让自己伤透脑筋。

这则短信要是换做是小魔怪发来的，反倒没什么好在意的，因为小魔怪平时就喜欢这种胡搞瞎搞的调调。

回拨宋凯的手机，却发现怎么也拨不通，试打其他人的手机也一样。

又去用保健室的固定电话打，可是听筒里一点声息都没有，感觉电话另一头像是宇宙深渊似的。

一定出了什么事！

在自己还没搞清楚状况前也没办法跟刘医生解释太多，所以不说为好，找了个通用的借口离开保健室后，陆旭就朝校内超市的方向大步走去。

看看手表，已经快七点，可是校道两旁的路灯却没像平常那样自动点亮，幸好今晚的夜空有月亮的眷顾……虽然被高大建筑和植物遮挡了不少月光，但还是勉强能看清路面的。

周围几间建筑的窗户里也没有灯光，难道是学校停电了？

这可真是少有，陆旭在这里就读一年多也才碰到过一次，那次是更换旧电线，只停电一会儿而已。

越走陆旭越觉得奇怪，因为走了十几分钟，路上连半个人影都没见到。

如果学校停电，宿舍区那边肯定是漆黑一片，宿舍里的学生怎么耐得住性子待在昏暗的寝室里呢？

校内的7-11便利店、餐厅和电影院等场所都有独立的发电机，停电时依然照常营业，所以按常理来想，这个时候学生应该蜂拥而出，朝那些有光有吃有玩有看的场所进军才对。

径直穿过一小片装饰性园林，陆旭看到一个灯火通明的圆弧顶盖建筑。

那是学校的大礼堂。

大礼堂没有发电机，但是学校的电力系统有后备电源，当学校全线停电时，后备电源就会自行启动。不过后备电源的电力并不十分充裕，只能给学校的部分场所提供电力——办公楼、体育馆、操场、足球场等，大礼堂也是其中之一。

沿着墙根悄悄靠近，他在离大礼堂大概有二十米的位置找了个垃圾箱先把自己遮掩起来，然后才探出头来。

此时，大礼堂的金色金属大门敞开着，门口和附近的窗户都透着明亮的白色光线。

只见，门外有一大群人排着长龙，都是学生，有男有女，有的穿着整齐，有的却衣冠不整。他们在两个大个子的引导和指挥下，规规矩矩地走到门口，然后停下来接受看守的搜身，确定没问题后才被允许进去。

门外有人引路，门口有人看守。

引路和看守的人都是一些身材高大壮硕的男生，大概有三十多个人，全都穿着夏季运动装。陆旭认得，那些家伙都是篮球队的队员，好像是欧阳行烈的队友，也有一些是友队的队员。

这……到底是怎么回事？

陆旭百思不得其解，犹豫着该不该上前探个究竟。

按照眼前的情况看，想进大礼堂并没有想象中那么难，虽然不知道篮球队那些人到底要搜什么，但是几乎接受搜身的学生都被放行了，自己跟他们并没有两样，应该也不会遇到麻烦。

思前想后，陆旭最终决定进去一探究竟，礼堂里有那么多人，说不定宋凯也在里边。即使宋凯不在里边，那么向别人打听一下，至少可以知道发生了什么事。

绕进一条小路，不到一会儿，陆旭就看到通往大礼堂的中央大道，那里有一个喷泉，喷泉四面有八条通道，零散的学生从那八条通道赶来，在喷泉周围的空地上聚集。

空地上有五个篮球队员在维持秩序和组织队伍，一支队伍的人数达到二十人左右时，他们就分出两个人把队伍带去大礼堂。

陆旭毫不费力就混到了人群中，两三分钟后，也加入到一支新队伍里，在领路人的带领下朝大礼堂走去。

有人交头接耳，但是被引路人给喝止了，个别人受不了气，跟引路人抬杠，结果被踹了两脚后也变老实了。

有一种很不舒服的想法在陆旭的心里涌动：此时自己和走在队伍里的人，就好像是被押送到监狱的新囚犯！

胸口沉闷得有些喘不过气，因为眼前的一切实在让人难以捉摸，只不过是因为今晚停电而已，原本熟悉的大学校园竟然变得诡异起来。

第一次被人搜身的时候，陆旭心里除了充满愤怒还夹杂着三分紧张。

不过，最终没有搜到什么让他们觉得可疑的东西，所以陆旭顺利地进入了大礼堂的大门。

大礼堂以主席台为中心，扇形展开，座位由前到后逐步升高，一共有两千五百个座位，加上后边和两翼的空白区，可以同时容纳三千人左右。

进门不久，陆旭就闻到一股难闻的味道，很浓，好像是刚刚才喷洒的杀虫剂……为什么忽然在大礼堂里喷杀虫剂呢？以前可从来没有过啊！

经过走廊的时候，陆旭听到了细碎而嘈杂的说话声，一进大厅，顿时两眼瞪大，宽敞的大厅里满是耸动的人头和移动的身影。

从人群密度上估算，礼堂里现在至少有两千人。

黑头发的，金头发的，红头发的，穿制服的，穿睡衣的，穿便衣的，穿怪异服装的，三五成群讨论的，大声呼喊名字的，独自站在墙边的，双双拥抱在一起的，躺在地板上的，低声啜泣的，高谈阔论的，吃着零食的，苦笑连天的……眼皮底下全都是学生！

虽然他们看起来像一盘散沙，但是却做着同样的事情，那就是时不时用殷切的目光望向主席台两侧的红色木门。

等一下要召开大会吗？什么主题的大会？什么人主持的大会？

带着满腹的疑问，陆旭很想找人打听一下，搜寻的视线缓缓扫过人群……蓦地，锁定一个刚刚从主席台左边通道走出来的人。

那人走到主席台旁边的楼梯口，他停下脚步，一手从上衣口袋里掏出眼镜布，另一手从鼻梁上取下眼镜，把眼镜的镜片擦干净后再戴回笔挺的鼻梁上——白伊洁！

在这个时候遇见社友，陆旭感觉简直比做出一道传说中的名菜还要高兴。他当下打起精神，在人群中左右穿梭朝着主席台的方向走去，他没有遇到任何阻碍和麻烦，顺利地来到了白伊洁身后。

因为现场实在过于嘈杂，所以陆旭只有大声叫道："伊洁！"

白伊洁回过头来，见到陆旭在场并不惊讶，反而急忙道了一句："陆旭，你来得正好！"说着把陆旭拉到一边，然后拍了拍自己的衣服，又道，"怎么样？我的衣领没有皱褶吧？"左右扭头，"后边的头发有没有粘一起的？"

"没有，看起来一切都很好啊。"陆旭连连应声，"你现在的样子一点问题都没有。"

"没有啊，那就好。"白伊洁微微一笑，然后又转过身去问陆旭自己的裤子后边有没有皱褶。

"不会啊，你的裤子很顺滑，料子不错，很笔挺。"陆旭很想转入正题，但是在那之前必须让白伊洁感觉高兴才行。

白伊洁转回身面对着陆旭，死里逃生般长长吁了口气，满面愁容，懊悔道："你知道吗，我真后悔一时口快答应帮欧阳的忙，害我匆匆忙忙，根本就来不及更换和整理衣服，而且也没带润喉的含片，喉咙有点干涩，你没发觉我说话快的时候有点破音吗？还有……还有还有……哎呀，反正现在是一团糟！"

十五分钟后，耳朵都快长茧的陆旭眉头一皱，不得不打断白伊洁还要继续说下去的长篇赘述："哦？欧阳也在这里吗？他要你帮什么忙？"

白伊洁指了指主席台上左边的出入口，道："他现在就在后台，我想十有八九在看演讲稿吧——演讲稿是我帮他写的，不过那只是初稿，我个人感觉有保持以往的水准，只是还没经过润色和校正，这真是让人遗憾。如果能给我一点时间多修改两遍，那肯定能写得比现在要好几倍……至少三倍！"

听到这里，陆旭心里更是困惑，不过他很沉得住气，以一种闲聊的语气继续问道："你写的演讲稿，主题、论点和论据都是怎么样的？"

注重细节是白伊洁的个性特点，陆旭对这一点早就了然于心，所以才会想从这里寻找突破口。

白伊洁似乎有所察觉，眼珠一转，用纤细的食指推了推眼镜，嘴角露出一丝神秘的笑意："没错，欧阳等一下要上台演讲，他找我来是给他写演讲稿和当翻译的，你也看到了，在场有不少留学生。至于演讲稿的内容现在不能透露给你知道，不过不用急，很快你就可以知道了……因为欧阳马上就要登场了。"

"学校到底发生了什么事？为什么有那么多人聚集在这里？"

陆旭问这两个问题的时候，身后忽然传来雷鸣般的掌声和叫声，把他的声音完全掩盖过去，他想再问一次，却看到白伊洁踏上楼梯，往主席台上走去了。

原来，欧阳行烈从后台出来了。

主席台上早就摆好了三支立式麦克风，欧阳行烈穿着篮球运动服和篮球鞋，走到中间那支麦克风前。

穿这样的衣服出现在这样的场合，如果作为嘉宾那倒没什么关系，只是作为主持人或者演讲者就显得有些不伦不类了。

接着，白伊洁走到欧阳行烈左边那支麦克风前，看了看麦克风，还拿自己的手帕在麦克风上擦拭了一番。

两人就位后，欧阳行烈就拿起演讲稿，开始了演讲，每念完一两句就停几秒到十几秒，让白伊洁给翻译成英文。

"各位同学，大家晚上好！我叫欧阳行烈，我相信大家应该都听过我的名字。我把大家召集到这里，是有很重要的事情要宣布。一共有四件事，请大家仔细听清楚，如果记不住就问旁人，请恕我不再重复！也不回答任何提问！

"第一件事，学校出现了妖怪，这里不少同学应该见过吧，就是那些身上长出植物的人。"

台下顿时沸腾起来，不少人声称自己是个现场目击者，还强调自己目睹的那些怪物的模样有多么恐怖和吓人。

"安静！听我继续说……虽然不清楚详细情况，但是宿舍区出现怪物后，学校立即颁布了戒严命令，不准随便外出，可是没过多久，停电了，通信瘫痪，而且山下又被浓雾包围……也就是说，我们被困在学校里了，孤立无援，同时还要面对越来越多的怪物，这就是我们目前的处境，明白吗？

"很好！看来大家都是聪明人。请保持安静，接下来我要说第二件事。意识到事态的严重性，我和我的队友们立即赶到办公楼把正在会议室开会的校领导带到这里来，由于时间急促，其他领导跟老师我们无法全部联系上，但是接下来，我们会尽力把他们找到，因为我们全校师生都是一体的！我说得有些支离破碎，所以有必要让领导在这里讲几句话，让大家知道到底是什么情况。话不多说，下面让我们有请领导和老师们！"

欧阳行烈朝站在主席台右侧门口的一个队员打了个手势，然后那个篮球队员又朝门内打了个手势，接着，两个手下带着一队人走了出来。

一共有十七个人，双手都被绳子捆在背后。从他们的外貌和穿着可以肯定，他们就是欧阳行烈口中的领导和老师们。

一片哗然，台下有不少认识他们的学生，"××老师"和"××主任"的声音从开始的零星半点到后来的此起彼伏，最后充斥全场。

欧阳行烈并没有让大家安静下来，而是用力把声音提高八度，念道："从左到右，他们依次是副校长刘宇、教务主任田七、大一生物系的老师朱帘、校领导办公室主任刘寄奴……"

念完名字，那十七个人也在欧阳行烈身后排成了一排，他们有的衣冠不整，有的头发披散，看起来多少有些狼狈。

"好啦，现在大家已经认清楚，也都知道这帮人是谁了。"欧阳行烈随手把演讲稿扔到讲台上，抓起麦克风，然后回过身，一个箭步跨到副校长刘宇的面前，对着台下说道：

"各位，你们一定很惊讶，为什么我们要把校领导们的双手用绳子绑起来。在这里，我要再次向校领导们道歉，因为我做了一件看起来败坏道德的事情。但是，我真的很无奈。大家也看到了，门口是必须经过严格检查才能进来的，原因我想大家都清楚。没错，就是避免'虫草'进入这里，因为碰到一些事情让我们发现，'虫草'是具有攻击性的，所以把这么多人集中在这里，我们必须采取措施以保证大家的安全。

"同样的道理，在校领导中，或者也有即将变成'虫草'的受害者，因为办公楼离出事的宿舍区实在很近，不排除这个可能。所以我们才要求把校领导们给绑起来，两个小时后，确定他们没有发生变异，我们就会给他们松绑。而我们的做法已经过副校长跟领导们的一致同意。副校长还有其他领导深明大义、当仁不让的精神真的很让我感动，让我们给予他们热烈的掌声！"

台下掌声响起。

"接下来，让刘校长给我们讲话。"欧阳行烈说罢走到一旁。

副校长刘宇昂头挺胸地走到讲台前边，深深地叹息

一声，然后堆起笑容说道："同学们，看到大家都没事，我感到很欣慰。我知道大家都急着想知道目前的情况，那我就不客套了，事情是这样的……"

刘校长简单地将"学生宿舍发现有身上长出植物的学生"、"陆续发现好多个这样的怪物"、"经过召开紧急会议决定发布戒严令防止事态严重化"等等都告诉了在场的学生们。

学生们一个个都露出了惶恐不安的神色。

刘校长鼓励道："这是我们学校从建校以来，第一次面临的特大危机，但是，大家不要沮丧。大家左右看一看，不是还有这么多人，这么多同伴与你同在吗？只要大家齐心协力，没有什么困难克服不了的，所以大家要振作起来，要对我们，对把你们召集到这里的欧阳行烈同学有信心。现在，我要把话筒交给欧阳行烈同学，我知道，欧阳行烈同学已经有了自己的计划，我们不妨听听看吧。"

又是一阵掌声，充满了期待。

刘校长退回校领导的队伍，然后欧阳行烈再次走到麦克风前，道："刚才大家都听到刘校长的讲话了，相信大家对情况也有了大致的了解，不过，刘校长所说的那是早些时候的情况，还不是现在的情况，现在的情况肯定更加糟糕。呵呵，大家不要摆着一张'完蛋了'的面孔啊，正如刘校长所说，我们这里这么多人，只要我们分工合作，没什么困难能够难倒我们的。来，让我们一起来喊口号：齐心协力、共渡难关！齐心协力、共渡难关……"

"齐心协力、共渡难关！"

一开始，学生们还不太好意思，只有几个大胆的男同学跟着喊口号，但是随即，大家看到台上的校领导们也跟着喊口号，受到感染，喊口号的人越来越多。

"齐心协力、共渡难关！"

最终，聚集起来的喊叫声似乎把天花板都震动了。

"请安静一下！请安静！"欧阳行烈做了一个两手摊开，手掌往下压的手势。

众人顿时噤若寒蝉。

"听到大家充满斗志的声音，我感到有一种众志成城的力量，我也很高兴校领导对我的支持，而为了不辜负大家的希望，我只好尽力提出自己一些不太成熟的看法。那么，接下来我就要说第三件事了。现在，学校里的怪物越来越多，分布广泛，对我们的生存造成了巨大威胁，所以我们必须联合起来，靠集体的力量来保护自己，这也是我把大家召集到这里的原因。

"但是，一个联盟或者组织，必须要有一个领导者，如果大家不嫌我能力不足的话，我愿意担负起这个重任！当然，如果大家心里还有更好的人选，也欢迎提出来，让我们在这里来一场竞选，选出最适合担当此重任的领导者。"

最后一句话只是做做表面功夫而已，台下的人都不是傻子，所以谁都没吱声。

退一步说，就算有人提出其他候选人，估计那些候选人也不敢上台去跟欧阳行烈竞选。欧阳行烈的手段，不是傻子的人都能看明白，搞什么请校领导讲话，实际上就是想"谋权篡位"，囚禁校领导，让自己来当领导人。

"欧阳行烈！欧阳行烈！"不知道是谁带头喊了起来，然后其他人陆续也跟着喊欧阳行烈的名字。

叫喊声越来越响，最后大礼堂的玻璃天花板又一次被"欧阳行烈"四个字给震动了。

"好！"欧阳行烈发出声音后，台下又恢复了安静。"谢谢各位的支持和抬举。承蒙错爱，我，欧阳行烈，身为自救联盟的主席在这里宣布，一定尽心尽力帮助大家解除眼下的危机！"

"欧阳主席！"台下又是一阵狂烈和卖力的呼声。

"好啦，时间紧迫，本主席就不说废话了！"欧阳行烈的态度顿时发生了一百八十度大转变，跟先前的谦逊有礼截然不同。"总之，大家支持我，跟随我，我就一定不会辜负大家的期望！接下来，本主席要宣布第四件事，请大家一定要注意听清楚——这是我们会议的主要目的。现在，请大家做好心理准备，因为接下来，可能会出现一些大家不喜欢看见的东西。"

众人才开始猜想"不喜欢看见的东西"会是什么，可是欧阳行烈却不给他们太多猜测的时间，只见他两手一拍，主席台侧门那边立即有了动静。

两个篮球队队员抬着一个黑色的防水袋走出来，那个袋子有一米多长，鼓鼓囊囊的。稍微有点见识的人一眼就认出来，那是尸袋，专门用来收尸的，搬运方便。

按照欧阳行烈的指示，黑色尸袋被放到了讲桌上，在褐色的讲桌上显得格外醒目，一时间，在场几乎超过九成的目光都集中到了尸袋上。

欧阳行烈挥手让搬运尸袋的人退下，走到讲桌前，毫不犹豫地拉开长长的拉链，然后将尸袋翻过来，扯开，一把扔到台下。

果然……尸袋里边装的真是一具尸体！

惨不忍睹。

皮肤凝结着红色的血斑，原本穿在身上的衣服已经被扯烂，只能算是几块破布。裸露的皮肤白皙而光滑，说明死者是一名少女，只不过，死者腹部和胸口的皮肤上却出现了十几个手指粗的肉洞，腐烂的肉洞附近聚集着黑色的血块。

"这是我们在超市附近某条小路上发现的尸体，很恐怖对不对？有没有人看得出她怎么死的？"欧阳行烈粲然一笑，两手一压，道，"好吧，我就不跟大家玩侦探游戏了，让我来揭开谜底吧，这个女生是被杀死的。

"怎么被杀的？用斧头？用电锯？匕首、锥子、剪刀？通通都不是！凶手没有使用任何凶器，因为凶手本身就是凶器——在发现这具尸体的同时，我们也发现了正在行凶的凶手，幸运的是，凶手被我们当场给抓了回来，所以大家不用猜来猜去，直接把凶手押出来，让大家一目了然——带上来！"

欧阳行烈话音刚落，主席台左侧的后台就传来了"吱吱"和"咕咕"的声音，好像金属轮子在木板上滚动，声音越来越近了……

一个边长大约一米半的正方体铁笼放在一个带轮子的货物架上，被推了出来，笼子外边罩着一块红布，看不到里边装着什么东西。

明明说了一大堆引起别人好奇的话，现在又来了个布罩笼子制造神秘感，这个关子卖得也太大，这种迂回的表演风格，自然是出自白伊洁的策划。

陆旭立即想到，白伊洁应该不只是帮欧阳行烈写演讲稿和当翻译那么简单而已，恐怕……整个人都站在欧阳行烈那边。

"现在我就要把红布给揭开，请大家不要眨眼！"欧阳行烈一手拿着麦克风，一手抓着红布的一角。

"刷——"红布腾空而起，落到了笼子后边。

"啊——"随着第一声尖叫声响起，各种表露出惊恐和意外情绪的声音争先恐后地冒出来。

这并不是魔术表演，所以黑色的笼子里装着的不是魔术师的美女助手或者体型庞大的老虎，而是一个怪物。

一个屁股后边长出绿色树枝的男青年。

怪物被关在笼子里，还用坚韧的绳子给捆绑着，红布揭去后，遇到四面八方一起射来目光，它显然也被吓到了，蹲在里边像块石头。

它全身只穿着一条短裤，裸露的皮肤上长满了仙人掌般的刺针，刺针本来是墨绿色的，但是尖端却有着不规则的暗红色斑点。

还有，那绿色树枝其中一条树杈上，钩着一片染血的破烂小布片。

明眼人都看得出来，那块小布片跟少女尸体身上的衣服布料颜色是一致的！

凶手！这个怪物就是杀害那名少女的凶手！

"这个家伙虽然变成了怪物，但是还认得出样子，这里应该有人认识他吧？"欧阳行烈看着台下问道。

"我……我认识他，他是化学系二班的学生，叫张洋洋。"有人回答。接着又有一些人纷纷指认凶手的真实身份。

"张洋洋，很好记的名字……不过，凶手就在这里，知不知他的名字并不重要，我们只需要知道一点就够了，那就是——他是怪物，杀人凶手！无论他以前是什么人都改变不了眼前这个事实。"欧阳行烈龇牙咧嘴地瞪着张洋洋，"杀人凶手就要受到审判和制裁，我身为自救联盟的主席，理应为无辜的受害者主持公道。"

"主席好样的！""主席好帅！""主席，我们支持你！""主席，请你马上处决凶手！"

欧阳行烈的话马上就赢得了台下的声援和推崇，在众人眼前，杀人的怪物是恐怖的化身，而欧阳行烈就是对抗恐怖的矛和盾。

"现在开始审判！"欧阳行烈站在笼子一侧，装模作样地说，"张洋洋，你为什么要杀害死者？你的动机是什么？"

张洋洋两眼通红，嘴巴一张，黏稠的黄色唾液从嘴角落下来，惹得台下传来"好恶心"的低声咒骂声。

"张洋洋，这是你最后一次为自己辩解的机会！"欧阳行烈握起拳头朝张洋洋挥舞着。

"我……不知道，我不想杀她的……"张洋洋用力地摇头，眼球突出，脸上的血管浮现，神色十分狰狞。"只是我忽然觉得好饿……好饿啊！好像再不吃东西就会死掉……所以才……"

"所以你杀她，就是为填饱自己的肚子，对不对？"

欧阳行烈眉头一皱，目聚精光，挺胸收腹，显得正气凛然。而张洋洋自知理亏，所以低头缄口，放弃申辩。

"好可怕啊，那些怪物居然吃人！""主席，快点制裁这个怪物吧！""快杀了他！"

知道怪物会吃人而且又是那么残忍的吃法后，台下骚动起来。

"大家少安毋躁，既然犯人已经承认了杀人的事实，那么本主席在此宣判，张洋洋的杀人罪名成立，判

处死刑，当场执行。"

听到"当场执行"这几个字，大礼堂内顿时像被瞬间抽成真空似的，原本还在跳跃的声音震动波一下子就不见了踪影。

两个手下在欧阳行烈的示意下拿来两个玻璃瓶，里边装着透明的液体，瓶口塞着棉布，并且突出一小团。

欧阳行烈把麦克风交给白伊洁帮忙拿着，然后一手一个玻璃瓶，拿到一个手下面前，手下手脚麻利地掏出打火机点着了两个玻璃瓶上的棉布。

陆旭不忍目睹，那两个瓶子是汽油瓶，那么接下来，所谓的死刑也可以想象得到了……

"怪物，再见！"欧阳行烈对张洋洋说道，他可以清楚看到张洋洋因为绝望而失去光彩的眸子。

两个汽油瓶被砸进了笼子里，"砰砰"两声过后，橘黄色的火舌随即将整个笼子给卷噬起来。

舞动的火焰中，隐隐传出张洋洋惨痛的号叫声，但很快就被台下兴奋的叫喊声给吞没了。

三分钟过后，欧阳行烈的两个手下拿来灭火器把火焰给灭掉，此时的笼子里只剩下一个烧焦的黑色肉团。然后，笼子被推回了后台。

"把杀人凶手处决了，真是大快人心，只不过……"

欧阳行烈又开始了新一轮的演说，"如果把我换成你，把凶手换成你认识的人，譬如你的同学、老师、朋友，你会怎么样？你问问自己，这个时候你能下得了手吗？"

台下一片沉默。

"嗯……下不了手？这我也是能够理解的，毕竟我们都是人，人都是有感情的。但是，我希望大家认清楚一个事实，那就是我们是人，而那些怪物，无论他们本来是谁，他们都不是人了。

"我们在他们眼里也不再是以前的同学、学生、朋友，而是一团美味可口的食物。他们吃我们就跟我们吃牲畜一样，还有什么感情可言？啊？

"看来大家还是无法接受这个令人感到伤心的事实，但是没关系，身为主席，我会尽力帮助大家突破思想的局限，产生全新的认识。"

欧阳行烈对手下使眼色，两个手下又跑后台去了。

"当然，我会马上示范给大家看的。"

俄而，一个额头长出植物的怪物被拉了出来，不是装在笼子里，只是用绳子捆住上身，两脚还能走路。

那个怪物一出场，陆旭脑袋里的保险丝"呲"的一声变得通红，差一点就烧坏了。

因为那个怪物竟然就是之前发短信给他的人——宋

凯！

宋凯一头柔软的短碎发，穿着白色衬衣，上边的几颗纽扣都掉了，露出瘦弱的胸膛和突出的锁骨；左半边脸好像被烫伤了，又红又肿，而且伤口已经开始腐烂，流出黄色的脓液。

刚刚走出来的时候他耷拉着脑袋，被灯光照到后才抬起头来，一双清澈含泪的眼睛看了看欧阳行烈，又瞥了一眼白伊洁，最后……他的目光停在讲桌的尸体上，浑身微微战栗起来，死死地抿着嘴唇不发一语。

欧阳行烈如老鹰抓小鸡一样抓过宋凯的肩头，把他拉到台前，对着台下的人群道："这个人叫宋凯，大一会计系的学生，前阵子因为培养出一种蓝色的百合花，还有电视台来学校对他做过专访，相信有不少人认得他吧？"

台下认得宋凯的人纷纷附和。

欧阳行烈露出了欣慰的表情，随即喟然叹息一声，道："那么大家也应该知道，他跟我是什么关系……没错，我们都是星座同盟的社员！这位宋凯同学是我亲爱的社友，他还请我吃过他亲自做的饭菜呢，可见我们的关系还不错。

"不过，现在情况不同了，他是怪物，我是人，他肚子饿了就要吃我，我不想被他吃掉就要干掉他，这就是我和他现在的立场。

"我肯定不会想被他吃掉，我相信在场的各位也不会，所以我只有选择干掉他。下面我就给大家示范怎么干掉他，其实只要抓住窍门是很容易的，绝对不难学。"

说着，欧阳行烈就走到宋凯的身后。

"这个怪物的植物长在头上，朝背后延伸，那我们就应该采取背后偷袭的方式，当靠近之后，就这样——"

欧阳行烈抓住宋凯背后的植物，用力一扯，只见宋凯打了个激灵，原本死气沉沉的脸上立即换上了痛苦万分的表情。

欧阳行烈将手放开，宋凯就像软体动物那样缓缓瘫倒在地板上。

"大家看到了吗？怪物身上的植物就是它最大的弱点，只要一抓一扭，怪物就会在短时间内失去攻击性，趁着这个时候，我们就要赶快采取行动，如果身上有武器当然最好，没有也没关系，只要手上多用点力气就可以了。

"怪物身上的植物上布满了血管，只要切断植物的根茎，连带血管也一起切断，给怪物放血，怪物不到十分钟就会毙命。用手去折断根茎也可以，只是要用足够大的力气才行，怪物身上的植物韧性很强，不是一下就能折断的。

"下面，我给大家示范一下，怎么才能最快地折断植物的根茎。"

欧阳行烈一脚踏在宋凯的背上，弯下腰，两手握着植物主干中间的部分，深吸一口气，念道："一……二……"

"住手！"陆旭从第一排站了出来，然后走到台前，一跃而上。上了主席台，他走到欧阳行烈面前，低声恳求道，"欧阳，念在大家相识一场的分上，请你对宋凯网开一面！"

虽然陆旭从欧阳行烈宣布自己当主席那一刻起就决定隐藏自己，先把形势搞清楚再决定要不要去接近欧阳行烈，可是当宋凯出现后，他却改变主意了。

尽管他很清楚此时顶撞欧阳行烈会有什么样的悲惨后果，可是，他却没办法作壁上观，在众目睽睽下，看着自己的社友杀掉自己的好朋友。

白伊洁见陆旭挺身而出，遗憾地摇了摇头，然后歪过头去，仿佛不忍看到接下来要发生的事情。

"哦？陆旭，原来你也在这里啊，那真是太好了！"

欧阳行烈不知道为什么没有生气，反而像得到个惊喜似的。

"欧阳——欧阳主席，请你放了宋凯好吗？就算把他关起来也好。作为补偿，我愿意为你做任何事情。"陆旭的肩膀上下耸动，目光却坚定不移。

"阿旭……你不要再说了！"宋凯见到陆旭，情绪激动起来。

陆旭难过地瞥了一眼宋凯，再次对欧阳行烈请求道，这次的语气已经接近求饶："欧阳主席，求求你放过阿凯吧……"

欧阳行烈完全不把陆旭卑躬屈膝的请求放在眼里，撇撇嘴，对台下的群众说道："接下来，我要做另外一个示范，那就是在你要干掉怪物的时候，有同伴阻拦你，你应该怎么办！"

瞬间，陆旭立即明白欧阳行烈准备怎么处置自己和宋凯，牙关一咬，狂怒叫道："欧阳行烈，你个王八蛋！"同时挥动双手扑向欧阳行烈。

守在欧阳行烈身边的两个手下这次根本不用主席示意，陆旭一靠前他们就马上冲过去把他押到欧阳主席面前等候发落。

"阿旭，对不起……如果我不给你发信息的话……"

看到陆旭因为想保护自己而被连累，宋凯感到十分内疚，眼中泛起了一层水雾。

"早知道下午我推掉跟飘零的约会，去你那里教你韩国菜，顺便跟你学做蛋糕……其实我一直想跟你学做蛋糕的，只是总是抽不出时间来。"陆旭苦笑着叹息一声。

宋凯故作若无其事地说："好啊！下次……下次我一定把怎么揉面团的诀窍告诉你。"

"阿凯，我忽然很想再吃一次你做的那种叫'伊斯坦堡'的奶油蛋糕。你做的那个蛋糕实在太好吃了，我还想再吃一次，不知道在另外一个世界还能不能吃到。"陆旭努力挤出一丝从容的微笑，算是对死亡的觉悟吧，因为在这个时候无论再怎么挣扎都是白费力气，甚至是屈辱可笑的。

宋凯泪眼婆娑，脸上浮现出凄楚的微笑，"如果在另一个世界我还可以见到你，我一定做给你吃。"

欧阳行烈一双大手往两边一伸，十指抓住了宋凯和陆旭两人的脑袋，随即，露出了一个阴毒的笑容。

"哈哈，就让我来请你们去吃地狱蛋糕吧！"

"滴嗒——滴嗒……"断断续续的水滴声。

下水道某个阴暗的石壁管道里。

煤油灯有些昏黄的光线，照在两张白色的面孔上，两个扭曲的影子在布满管道的肮脏墙壁上微微晃动，显得诡谲十足。

"刚才卧底带回来的情报你也听到了吧，有什么高见啊？"

奶声奶气又飞扬跋扈，这种声音加上这种语气，独角兽大学里，除了小魔怪陶逸外，别无分号。

"高见倒没有，但是想法倒有几个。"

说着话的人身材修长，一头披肩长发，两排长长的睫毛中间长着一对细长而灵活的眼睛，眼睛下边是高挺笔直的鼻梁和尖长秀气的下巴。

此人名叫慕容冠寒，十九岁，大二商务管理系，星座同盟中的双子座。

慕容冠寒凝视着放在地上的煤油灯，有条有理地说：

"第一，欧阳跟白伊洁两个家伙已经联合起来，白伊洁的身份相当于幕僚，他们的立场很明确，就是通过一系列手段建立可供利用的专属组织。

"第二，他们的目的就是为了消灭怪物，而且从欧阳的态度上看，他们不会放过认识的人。

"第三，我们不能坐以待毙，必须比他们先一步采取行动。"

陶逸看了看从左上臂上长出来的那一截已经有半米多长的树枝，咬了咬嘴唇，两眼忽然迸射出炽热的光芒，激昂道："事到如今，没有其他办法，既然我们已经被当成必须歼灭的怪物，那我们只能选择跟他们决一死战！"说着握紧拳头，一脸悲壮。

"不过，你说欧巴桑给军事狂当幕僚，我可不那么想，军事狂只是个有勇无谋的家伙，真正懂得分析和判断的人是欧巴桑。所以，主导决策的人应该是欧巴桑才对。那两个家伙一个冲动莽撞，一个小心谨慎，这种不协调的组合是最脆弱最容易击破的，用不着害怕。"

"是啊！你说得很对，我也觉得他们的组合破绽很多，现在他们自己也许还没发觉，但随着时间的推移，迟早会露出破绽的。"慕容冠寒打起精神，改蹲为站，目光熠熠，显出巨大的决心。

"陶逸，跟他们比起来，我们两个才是最佳搭档，你的超级智商加上我的无双口才，指挥才能跟组织才能的完美组合，简直天衣无缝……就让我们跟自救联盟大干一场吧！"

"哼哼！军事狂和欧巴桑两个想把我们赶尽杀绝，那我们也不跟他们客气……这是一场战争，不成功便成仁!"陶逸咬牙切齿，两眼燃烧着愤怒的火焰。

"嗯……我们应该从哪里开始呢？自救联盟的人数众多，这是很棘手的问题。"慕容冠寒皱着眉头，似乎在努力寻找有用的思路。

"非也！"陶逸用一根手指在空中舞动，停了一下后又用上了十根手指，然后解说道，"用一根手指去画画不会很难，但是用十根手指一起反而什么都画不成。

"所以人多不见得是好事，他们一下子召集了那么多人，光是编制队伍和分配任务，还有建立初步的合作关系，这些都要花不少时间……再说，用兵打仗，主要靠的是谋略，跟人多人少没关系。如果是要削弱敌人兵力，我已经想到了至少五种可行的方法。"

"噢？到底是什么方法？"

"我还没考虑好细节，等想好了再告诉你吧。"陶逸偷偷瞄了一眼慕容冠寒脖子上长出的一根几厘米长的绿芽。

慕容冠寒点点头，道："好，我相信你……对了，卧底回来报告说，当时欧阳把宋凯给抓到主席台，不知道宋凯现在怎样了。"

陶逸听后神色黯然，用低沉的声音说道："我想……应该已经死了吧。"

"那个卧底应该晚一点，等探清楚自救联盟接下来的行动再回来汇报，不然我们现在也知道该怎么防备。"慕容冠寒遗憾地说。

陶逸摇摇头："等不了那么晚，那个卧底半个小时前被叮了，身上还没长出植物，所以才能躲过大礼堂门口的搜身，半个小时后植物就开始长出来了，如果再待下去肯定会被发觉的。

"而且，他已经知道军事狂所说的四件事是什么了，继续听下去也没什么用，快点回来通知我们，我们才能及时做出反应。依我对欧巴桑的了解，他要采取的行动并不难预料。

"不过那家伙做事确实很周密，在他们进入大礼堂前还在内外都用杀虫剂喷了一遍，确保蜇人蜂不会侵入礼堂。为了行动不受影响，我想军事狂和欧巴桑自己身上也喷了杀虫剂才对，到时候他们的手下也会一样的。"

"说起来有点好笑，蜇人蜂害我们沦落到了这个田地，可是现在它却是我们的助力，要靠它才能增加我们的同类。"慕容冠寒说着露出了一个无奈的苦笑，"就算我们赢了欧阳他们，我们也……"

陶逸的情绪丝毫不受慕容冠寒影响，反而鼓励道："不要担心那种事情，一定有办法复原的，相信我——

如果我猜得没错，这个时候包公已经在找复原的办法了。但是单凭包公一个人的力量是无法抵御自救联盟的，因为这个学校已经失去了原本的秩序和规矩，他那一套已经派不上用场了……

"从现在开始，我们要面对的是生物界最原始的竞争守则——优胜劣汰，输的一方就会被消灭，没有第二种可能。其实军事狂第三件事说得很对，我们跟他们是敌对立场，所以不管敌方是不是自己认识的人，都不能心慈手软！"

"除了战斗，我们……真的已经没有选择了吗？"慕容冠寒嗫嚅着说，跟刚才的决然比起来简直判若两人。

"有啊。可以选择自杀或者等着被人杀死。"见慕容冠寒态度依然有些摇摆不定，陶逸不得不抛出撒手锏。

"总之，我们必须活下去才有可能复原，在找到复原的办法前，我们必须战斗，而不是躲在这个又脏又臭又暗的下水道里，等待希望自己送上门来——等待只能等来死神，希望是要靠自己去努力争取的！"

慕容冠寒沉默下来，隔了几秒，忽然用力地点点头，重振雄风道："希望是要靠自己去努力争取的！对！你说得太对了！我们一起努力吧！一切都是为了希望！"

陶逸趁热打铁道："如果你不反对的话，从现在开始，我们的组织就叫'希望游击队'，不知道你有没有更好的提议呢。"

"同意！"

一只纤瘦的大手和一只白嫩的小手握到一起。

半个小时后，陶逸提起地上的煤油灯，连续三次深呼吸，撇开玩世不恭的语气，铿锵有力道："那现在我们出去开会了……这是作战会议！绝对不能马虎！"

"放心，我知道该怎么做！传达指示和统一思想的任务交给我绝对没问题！"

慕容冠寒也拿出了手电筒，打开，两人一前一后朝着洞口走去。

到了洞外，他们要面对的不仅仅是其他同类，也不仅仅是接下来要发生的战斗，而是命运随手丢到他们面前的一次人生大转折。

而在一个小时前，他们根本就没想过，他们熟知的和平世界会崩塌到要靠赌上性命去战斗才能生存下去的地步。

想不到啊……

傍晚时分，慕容冠寒约了外语系的系花白飘飘到枫叶林谈心，眼神对望的时候飞来一只大煞风景的毒蜂，在他的脖子上蜇了一下。

当时倒没觉得有多疼，只是却完全破坏了一开始营造出来的浪漫气氛。

后来送白飘飘回宿舍，然后接着要去另外一个秘密地点去见中文系系花，途中遇到一群慌慌张张的家伙，从他们的口中打听到，学校颁布了戒严禁令，因为北边的几个宿舍区相继出现了身上长出植物的学生。

慕容冠寒只好取消了下一个约会，经过一番考虑后，决定前去办公楼暂时避难。

通常发生事故的时候，办公楼是最安全的地方，而且自己平时帮学校领导做事，跟领导们的关系都不错，相信领导们会批准他进去的。

不过走到半路，忽然觉得脖子传来怪怪的感觉，用手一摸，又拿镜子一照才发现，被毒蜂咬过的地方竟然长出了植物来！

自己……居然也成了怪物中的一员！

把衣领拉起来虽然可以把脖子给遮住，但是肯定进不了办公楼了，一旦被发现，说不定还会被囚禁起来。

正不知道该何去何从时，他看到西边的天空升腾起一股绿色的烟雾……

这种特殊的时候……难道是召集信号？

……

体育馆的篮球比赛颁奖结束后，陶逸就一个人回到了宿舍。

陶逸中午参观COSPALY大赛，下午观看篮球大决赛，拍到了上百张美眉的照片。他迫不及待地把数码相机连接上电脑，把新鲜的美眉照放大，一张张慢慢欣赏。

半个小时后，陶逸想拿U盘到冲印店，把他精心挑选的几张照片洗出来放大，然后拿回来贴到墙上。

可是……在收拾东西时，他却意外发现自己的左上臂长出了奇怪的植物。

今天一大早，他在宿舍楼的天台上看"风景"，由于太过入神，左边手臂不小心被一只毒蜂蜇了。当时擦了点药膏后就一直没什么事啊，谁知却……

就在这时，宿舍区的广播忽然发布一个紧急通知："……由于出现事故，现在学校向第四到第九宿舍区的所有同学颁布戒严禁令……"

事故？什么事故严重到要发布戒严禁令？

陶逸马上打电话给一个消息灵通的同学，然后得到了确切的消息——宿舍区出现怪物了！

当他意识到自己就是怪物之一后，反而十分冷静，随后当机立断，带上可能要用到的东西，跑到林边被雾气覆盖的空地，用干树枝和枯叶生火，在火里撒上绿色的粉状燃料，制造出了绿色烟雾。

绿色烟雾是一种具有暗示性的召集信号。

绿色代表的是身上长出植物的人，也就是"虫草"，那些看到绿色烟雾并且明白意思的"虫草"纷纷朝陶逸聚来……慕容冠寒是第一个过来的。

"墙头草。"陶逸眯着眼睛，弯了弯嘴角。

"小魔怪！"慕容冠寒干笑道，"原来是你……"

"好啦，没时间寒暄了。等一下应该还会有其他人会过来，我先跟你谈一下怎么整顿思想吧……"

"整顿思想……你是指洗脑，把所有人的思想都统一起来？"慕容冠寒马上就领悟到了陶逸的话外音。

"不然你以为我召集其他人来开烧烤晚会的吗？"

"……好吧，我明白你的意思，我愿意跟你合作。你说吧，具体要怎么做？"

两人在那里商量讨论了几分钟后，其他"虫草"就陆续过来了。当人数达到三十人后，陶逸和慕容冠寒带领来投靠的"虫草"打开井盖，钻进下水道藏匿起来。

"我知道，这不是让人喜欢的聚会场所，不过，这种情况下也只有下水道比较安全，希望各位暂时忍耐一下。

"我想，大家已经知道发生了什么事，但是，我希望大家要明白，我们这些人聚在这里，并不是为了躲藏——召集我们的陶逸也不是为了叫大家来陪他一起玩捉迷藏的。

"陶逸，还有我，都恳切地希望，我们这里的每一个无辜的人都付出自己的那一份力量，一起来改变现状。因为我们只有一个人的时候，什么都做不了，只能等着被人当成怪物抓起来任人宰割，在那群害怕我们的人面前，我们完全没有反抗的能力。

"……美丽的女孩，请不要哭泣，我知道你今天过得都不太愉快，但你一定要相信，今天之后，你就会变得坚强起来，你的坚强会像阳光一样带给你温暖和力量……"

在慕容冠寒鼓励游说同类的同时，陶逸通过询问不断收集情报。

经过一番努力，两人在"虫草"中建立起威信，确定了他们的领导地位。然后开始指挥"虫草"们执行各种增强组织力量和提高组织安全系数的任务，"虫草"的数目也逐步增加到了现在的八十六人。

此时，为防止有人去窃听两个头领开秘密会议的对话而守在管道口的两个"虫草"，看到手电筒和煤油灯的光从背后照来，不约而同地回过头来。陶逸朝他们招了招手，让他们跟着他。

出了管道口，拐入另外一条比较大、可以站直身子的管道。这一条管道不知道是因为堵塞还是其他什么原因，没有污水流过，比较干燥，尽管依然弥漫着恶心的味道，但还是比其他管道好多了。

映入眼帘的是一大群"虫草"，有男有女，有站有蹲，他们大多数身上都长出了植物，有几个甚至都长出了刺针，只有少数几个的身体还没有明显变化。

走到管道中间的位置，慕容冠寒和陶逸停下脚步，两人都是一脸凝重，前者咳嗽一声，开口道："刚才我们收到情报，接下来有一个坏消息和一个好消息要告诉大家。"

"坏消息就是，欧阳行烈组织了一个自救联盟，想要把我们赶尽杀绝，而好消息是我和陶逸经过商量，决定也成立属于我们大家的组织——希望游击队，无论如何也要粉碎他们的恶毒目的，我们要跟自救联盟誓不两立！"

"誓不两立！"众"虫草"一致呼喊，看来两人前期的统一思想工作做得很不错，能够让手下很快就接受新的思想。

"陶逸为游击队总队长，我为副总队长，不知道大家有没有意见？"

"没有！"又是统一的呼喊。

"总队长已经想好了对付自救联盟的办法。我相信这里大部分人都知道，总队长是我们学校年纪最小的学生，智商超过180，他在智谋方面的能力，大家以前应该有所听闻，刚才也见识过了，应该不会还有疑问吧？"

慕容冠寒说着把话茬扔给陶逸，"接下来，我们要正式召开作战会议，让我们的总队长来给我们发表作战方针和作战策略吧！"

慕容冠寒退到了陶逸身后，后者抬头挺胸，高声道："我们的作战方针很简单，真的很简单。那就是采取化整为零，各个击破，他们人多没关系，蚂蚁再多也只是蚂蚁而已，我们要让自救联盟的人有来无回！"

"有来无回！让他们有来无回！""虫草"们默契又整齐地喊着。

陶逸省略客套话，开门见山道："现在，我正式宣布，作战开始！黄山，我命你为前锋队队长，你马上带上十二个行动比较灵活的队员赶去水库南面，半个小时后发信号弹，原地待命，等看到我的红色信号弹，你们就回来……

"林光，我命你为特别行动队队长，你带上十个行动灵活，力气比较大的队友潜入西三区的化学仓库，找一大袋硝酸盐、少量硫黄、少量磁石和一些小型电子仪器……

"郭非凡，我命你为突击队队长，你带上二十个身上已经长出刺针的队友，到情侣大道两边的草丛埋伏……

"剩下的女孩子，你们留下来，随时准备救护前线撤退回来的伤员。"

一口气说了近十五分钟才把任命和任务分派清楚，慕容冠寒在陶逸停下来休息时，替他补充一句："战略方面，总队长已经说得够清楚了，谁还有疑问可以提出来，我可以替队长解答……有疑问要问清楚，对自己对大家都好，毕竟我们现在是打仗，不容许半点闪失！"

前锋队队长黄山目光闪烁，直到慕容冠寒强调第二遍的时候才举起手来，迟疑地说："副总队长，我有个问题……"

"有就问吧。"

"我们这里有一些队友，都有点饿了……如果在不影响任务的情况下，我们是不是……可以……吃……"黄山说到这里没有直接挑明，因为怕有人反感。

陶逸阴阴一笑，伸手拦在慕容冠寒身前，意思是自己亲自回答。

"当然可以。饿了要吃东西，这是天经地义的事情……

我们要把那些'蚂蚁'，一个不留，通通吃掉！"

大礼堂后门对面十多米远的荒地上长着一人多高的寒芒丛，此时，凌寂和云箭就躲在里边。

先前看到大礼堂正门的时候，云箭想要进去却被凌寂阻止了。

"篮球队员们在维持秩序，欧阳行烈很可能就是召集人，如果白伊洁也在里边，那肯定就是他出的主意。"

"可是……如果欧阳就是召集人不是更好吗……我们……"

"我们跟他是社友，所以他们应该更欢迎我们，你是这么想的？"

"是啊，有什么问题吗？"

"欧阳忽然在大礼堂里召集这么多人，一定有要事宣布，在这个时候八成是跟'虫草'有关的事，以他的个性，应该不会采取和平解决的方式。"

"欧阳那个家伙确实……"

"所以在一切不确定前，我们应该先找个地方监视他们在大礼堂里的动静，然后再决定要不要进去。"

"哦！"

云箭经常在校园里晨跑，所以对校园的地形和布置极其熟悉，由他带路，两人躲过了欧阳行烈在大礼堂周围布下的守卫网，然后钻进地势比较高的寒芒丛里，用背包里装的望远镜，透过大礼堂侧面墙壁那一排排透明的窗户窥视事态的发展。

他们只看到欧阳行烈和白伊洁两人在台上动嘴，听不到他们演讲的内容，但是从欧阳行烈控制学校领导，把尸体扔到讲台上展示，用汽油弹烧死"虫草"等等过激行为，他们还是看出了端倪。

欧阳行烈应该是打算先召集人手，立下威信，以他为领导中心，然后靠白伊洁制定战略，对"虫草"的展开歼灭式行动。

当看到欧阳行烈不但要杀宋凯而且连陆旭也要一起杀的时候，云箭怒不可遏地说："欧阳那家伙……难道已经疯了吗！不行，我要去阻止他！"

说罢就要站起来，却被凌寂伸手扣住了手腕，凌寂用低沉而严厉的声音说道："你去也没有用，以你个人的力量改变不了什么。你还指望欧阳会念旧情？"

云箭如同被人丢进北冰洋里，从头冷到脚——对啊，欧阳连宋凯和陆旭都不放过，自己凭什么求欧阳放过他们一马？

难道……他就这样眼睁睁地看着宋凯和陆旭被杀死吗？！

冰冷的心很快又被这个念头给点燃了，他挣脱凌寂的手，又想站起，凌寂顺势在他的背后几个穴位快速一点，他马上就感到背后有一股电流到处乱串，身体软绵绵地使不出力气来。

"来不及了。"凌寂把望远镜移到云箭眼前，云箭顿时打了个冷战。

原来一转眼，欧阳行烈抓着宋凯和陆旭的脑袋往一块撞去，顿时鲜血喷溅。重伤的两人跌到地上就一边不动了，也不知道是死是活，接着被丢到台下，引起了一阵小小的骚动。

台上的木板上，留下一大摊鲜血。

然后，欧阳行烈让人把宋凯和陆旭给拖走了。

两个血人被从后台的小门拖出来，拖到十米多远的树林后，就被随便丢弃在那里。

等欧阳行烈的手下离开后，凌寂带着云箭悄悄绕过去，两人来到了宋凯和陆旭附近的草丛里。

"陆旭，宋凯……"云箭低声叫唤的同时用力摇着宋凯和陆旭，可是得不到一点点回应。

凌寂伸手分别试探了一下陆旭和宋凯的鼻息和心跳，最后确定已经没有拯救的必要。

本来在脑壳破裂的情况下，两人死亡也是无可避免的事情，但凌寂却脸色突变。

因为以前宋凯请凌寂给他推算过命盘，凌寂根据他的生辰八字推断出宋凯虽然身体不好，但是也至少有六十岁的寿命。

要知道，命盘和运气、机遇不同，因为一个人从出生那一刻起，他人生的起点，起落的曲线和寿命的终点，就已经被宇宙间神秘而绝对的运行法则给限定了，如果没有进行一系列的改命行为，命盘的总体线条始终是不会改变的。

可是，眼下宋凯却变成了尸体……到底是怎么回事？

自己虽然不擅长进行命盘推算，但是推算寿命这种基本功还是掌握的，没理由算错啊！

不经意间，有一丝不好的预感掠过心头，凌寂掐指一算，算出东方煞气强盛，欲要反噬光线已经衰弱下去的吉星。

"我们回去！"

第七章　兵者，诡道也

独角兽大学的下水道四通八达。

特别行动队直接从化学仓库后门不远的一个井盖里出来，然后用石头砸开后门，两人把风，其余八人进入仓库，打开电筒，寻找队长指定的东西。

不到十分钟，他们已经找到所有指定的物品，把物品搬下下水道，他们又原路返回了总部。

见到特别行动队带回来的东西，陶逸夸奖了队长林光，然后多派给林光五个人，对林光下了一道秘密指示。林光接受命令后就带着队员们执行任务去了。

看到陶逸在认真地捣鼓那些东西，似乎那些东西很重要，于是慕容冠寒问道："这些东西有什么用？"

陶逸仿佛没听见，头也不抬，反而把手伸到冠寒面前："把你手机给我！"

"哦！"这次慕容冠寒更不明白了，现在手机都没信号，要手机有什么用。

谁知道陶逸一接过手机就用螺丝刀把手机的后壳给拆掉，然后毫无顾忌地割断里边的电线。慕容冠寒看在眼里疼在心里，看来陶逸是不打算把这部手机还给自己了。

"不好意思，我的手机刚好电池没电，所以只好拿你的手机来当定时器了。"陶逸在解释的同时并没有停止手上的活儿。

"定时器？什么定时器？"

"定时炸弹的定时器。"

"你要做定时炸弹？"

"不是要做，是我已经在做了，而且快做好了。"陶逸把改装过的手机装到一个大木箱里，手指点了点箱子，道，"十五千克的硝酸盐炸弹，足够把大礼堂给夷为平地了。"

"你要去炸大礼堂？"慕容冠寒大为意外。

"当然啦！大礼堂是自救联盟的大本营，大本营一炸，不但人员损失惨重，也会彻底瓦解他们的组织。"陶逸一边拧螺丝，一边不咸不淡地说着，"我派突击队去北面埋伏和前锋队到水库发信号，就是为了引开大本营的注意，并且分散他们的兵力，让他们对大本营疏于防范。

"到时候爬上信号塔的特别行动队就可以从缆线爬到大礼堂上边安置炸弹。半个小时后，大礼堂里边的人就会被我们一举消灭。没有了领导人物，剩下的散兵游勇就不足为患了，我们可以将他们一小团一小团地吞食掉，只要我们的队员密切配合，他们根本毫无反抗之力。"

慕容冠寒听到陶逸作战计划核心部分，不由得心中一颤。

陶逸抬起头来，有些不爽道："冠寒，你不要像个局外人那样光站在那里看好不好……如果你没事做的话，不如带两个人去大礼堂对面的池塘附近监视自救联盟的行动好了，如果有发现就派人回来向我报告。"

慕容冠寒愣了愣，眯起眼睛，轻声道："陶逸，那你一个人留在这里没问题吧？"

"当然没问题，我又不是小孩子。"陶逸不耐烦地说，"快去！别耽误时间！"

"哦，那我现在就去喽。"

随后，慕容冠寒点名带了两个看起来行动还算矫捷的"虫草"，朝着大礼堂的方向快速赶去。

这时，陶逸已经把定时炸弹给装好并启动，看着手机屏幕上倒数的时间，露出一丝隐晦的笑容……

月光下的水泥路面，印出两个奔跑的影子，前方有两条手电筒的光柱在晃动着，急匆匆的脚步声中夹杂着"呼呼"的喘气声。

在前方一个三岔路口，凌寂指着右边那个阴暗的路口，道："走情侣大道！"

"哦！"云箭应了一声，然后放慢脚步，等凌寂跟上，两人一齐拐向右边。

情侣大道并不是官方名称，只是那条道路两旁的路灯被漆成粉红色，加上两旁树木茂密，路边又有木制的长椅，是一个非常适合情侣约会的地点，所以才被称为"情侣大道"。

在路灯不亮，月光又被树木遮挡的情况下，情侣大道显得比较昏暗，而且也比较曲折，幸好路面平坦，不用担心脚下。

来的时候两人走的是大路，但是他们现在要赶着去保健室，所以凌寂才选择情侣大道这条近路。

经过一个拐弯处，凌寂感到鞋底有些打滑，一个趔趄，赶紧停下来，以免膝盖撞上旁边的木椅。

云箭发现异样，也停下脚步，掉头跑到了凌寂身

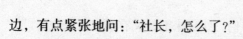

边，有点紧张地问："社长，怎么了？"

"没事。"凌寂本想继续赶路，可是转身的时候，手电筒却照到了刚才让他鞋底打滑的路面。

黑色！

在昏暗的光线下，周围的路面看起来都是灰白色，只有那一块是黑色，而且似乎还微微反光。

凌寂蹲下来仔细一看，发现那是液体，又用手指去沾起来凑到鼻子底下闻，表情一僵。

"社长，是什么东西？"云箭从凌寂的反应上看出这不是可以忽视的东西。

凌寂缓缓吸了一口气，道："血。"

"血？这种地方怎么会……"云箭左右一看，四周一片静谧，连虫鸣都没有，不由得焦急地说，"大概这里发生过什么激烈冲突吧——社长，你不说刘医生和叶吟会有危险吗，我们赶紧走吧！"

"血还很新鲜。"凌寂神色严峻。

忽然，前方黑暗的草丛里发出一个不怀好意的声音："嘿嘿，当然还新鲜了，几分钟前那两个路过的倒霉鬼还在地上哭喊呢，没想到马上又来两个。"

"谁在装神弄鬼，给我滚出来！"云箭紧张地瞪着发出声音的草丛，两手握起拳头。

"嘿嘿，兄弟们，快出来吧，又有消夜可以吃了。"

话音刚落，草丛后边就走出一个"虫草"，那是个背后长着植物的男生，穿着牛仔裤，上衣已经破了，露出健壮的胸膛。

随着他的出现，周围的草丛也有了动静，他身后出来两个"虫草"，道路两旁出现了八个"虫草"，后边出现了十个"虫草"。

他们的身上虽然都长着植物，但是他们走路时稳健有力的步伐，却表明他们身上的植物并没有给他们的行动造成太大的影响。

凌寂还发现他们的身上都长着刺针，有的刺针上沾着鲜血。

离凌寂和云箭最远那个"虫草"跑过来，对牛仔裤"虫草"说道："报告队长，这两个人后边没有人跟来。"

"果然不是自救联盟的人……不过这两个穿着实验服的家伙，不会是老师吧？"牛仔裤"虫草"十分纳闷的样子。他好像是这群人的头领，因为其他"虫草"时不时把目光集中到他身上，似乎在等他的下一步指示。

一个尖嘴猴腮的"虫草"挥舞着长满刺针的双手，笑嘻嘻地说："队长，扯开他们的实验服不就知道了！"

"是啊，队长，我们不能在这里浪费太多时间，要是被自救联盟发现我们就糟了。"有个"虫草"提醒道。

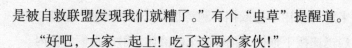

"好吧，大家一起上！吃了这两个家伙！"

牛仔裤"虫草"两手一拍，听到掌声的"虫草"立即蜂拥而上。

"请听我说，我是学生会副会长凌寂，我们并没有恶意，我们经过这里只是——"凌寂想要说明情况，但是牛仔裤"虫草"却不给他机会，厉声打断道："去你妈的学生会……现在的学生会连屁都不是！快给我上，吃了他们——记得给我留一条腿啊！"

"好的，队长！""开饭了！""让我先来，我刚才还没吃饱呢！"

"虫草"们趋之若鹜。

"社长，我们跟他们拼了！"云箭大吼一声迎上去，对着靠近的一个"虫草"的腹部送去准确而有力的一脚。

没想到，那个"虫草"只是倒地一滚就又爬起来了。

云箭想从背囊里把刀子给取出来，可是"虫草"们步步逼近，混乱的攻击层出不穷，让他根本腾不出手来。

"可恶！"云箭真想把身上穿的防护服和头上套的防毒面具给丢掉，这些东西使他动作迟钝，失去了很多优势。

在牛仔裤"虫草"出现那一刻，凌寂就悄悄从背囊外层取出三个针筒夹在右手的指间，那些"虫草"扑上来后，他用手拖或挡，顺势把针头扎进他们的皮肤，然后迅速按下推杠，把针筒里的液体注射进他们的体内。

三个"虫草"中招后都不敢上前，纷纷露出了害怕的神情。十几秒后，他们就开始痛苦地号哭和疯狂地抽搐起来，再过半分钟，他们就倒在地上不动了。

凌寂见效果明显，又取出四个针筒，一个箭步冲到云箭那边，趁着围攻云箭的那四个"虫草"不注意，给他们的背后一个一针，全都扎了下去。

不到两分钟的光景，那四个"虫草"也陆续倒下。

只不过才倒下七个，还剩十三个，而针筒就只剩三支了。

虽然"虫草"们因为看到同伴被凌寂的针筒一下子就解决了，心生恐惧，但是从一开始就一直在观战的牛仔裤"虫草"看出了凌寂所剩针筒不多。

他怒气冲冲地跑去拔了路牌拿在手里当武器，大叫一声"去死吧"，然后扑向凌寂。

路牌的杆子有两米长，铁牌有半米多宽，挥舞的时候攻击范围非常之大，凌寂在躲闪的同时又要小心不被其他"虫草"偷袭，所以只躲开了几下就被路牌给打中左肩。

凌寂左手夹着的三支针筒掉到地上。

牛仔裤"虫草"一脚踩上去，只听见噼啦两声，三支针筒里的绿色液体从他鞋底流出来。

"哼！没有这些破玩意看你还能玩什么花样！兄弟们，快上！他的针用完了！"

突然，云箭大叫一声把拦在凌寂前边的四个"虫草"给扑倒，"社长，快走！"

本来，如果听到云箭这句话的时候，凌寂拔腿就跑，那些"虫草"绝对追不上他的，但是他却回头去看云箭，迟疑了几秒。这几秒时间已经足够让"虫草"们再次组成包围圈了。

"你们一个都跑不掉！"

牛仔裤"虫草"说着扑向防备松懈的凌寂，凌寂感到背后一痛，虫草手上的刺针已经刺破了柔韧的防护服。

"刷啦！"

只觉得背后灌进来一阵寒风，瞬间就把凌寂的心都给冻结，他知道，防护服被撕烂了……

大礼堂的地下室。

白伊洁坐在一张已经用抹布擦干净的木椅上，他抬头看着坐在面前一米多远另一张木椅上的慕容冠寒。

"冠寒，你说的都是真的?"白伊洁低声问道。

"当然都是真的。"慕容冠寒缓缓吸了口气，"我很清楚我来到这里意味着什么，我也知道你不可能让我回去。所以说，我的命现在已经捏在你的手上，我还敢说假话吗？"

"陶逸要是知道你出卖了他，他应该会马上改变计划吧。"

"跟我一起的那两个队员也被你们押起来，没有他们回报，陶逸一时半刻是不会发觉的。"

"你说十分钟前，陶逸已经快做好炸弹了？"

"对。"

"那你预计，炸弹多久后会运到信号塔上？"

"从下水道最近的出口，十分钟就可以到达塔下，运到塔上的话，需要有一个人先爬到塔顶，扔下绳子把炸弹给拉上去，整个过程估计至少需要二十分钟。那个炸弹很重，如果是两个人运的话可以缩短到十几分钟。"

"也就是说现在所剩的时间不多了。"

"对，我想接下来不用我提醒你该怎么做了吧？"

白伊洁盯着慕容冠寒的眼睛，幽幽地说："冠寒，老实说，你投靠我，到底想得到什么好处？"

慕容冠寒咬牙切齿："当然是想活下去。陶逸那小子把手下都当棋子，为了完成他的战略部署，他可以不惜一切代价。他叫一些队员去情侣大道埋伏，目的是为了吸引你们自救联盟的注意，真是一群白痴敢死队。如果我继续留在他身边，也可能会被派去执行这种任务，然后被你们自救联盟给杀死。"

白伊洁心下琢磨，觉得冠寒这话倒是真的。刚才接到报告说情侣大道那里有怪物埋伏，欧阳已经带人带武器去情侣大道确认了。

"你为什么认为我们会保障你的安全？"

"很简单，因为我对你们来说有利用价值。我知道陶逸的总体战略，游击队人数和部队分布，还有总部的位置等等。当然，为了保住我的小命，我不可能一次性告诉你。"慕容冠寒胸有成竹地干笑了一下。

"高首，进来一下！"

白伊洁忽然一声令下，铁门打开，进来一个穿白衣的男生。白伊洁指了指慕容冠寒，道："你把慕容同学带出去，要当客人一样对待。你出去后把林风叫进来。"

"是！"白衣男生答应道，然后就把慕容冠寒给带了出去。

不一会儿，又进来一个看起来十分精干的黑衣男生，白伊洁命他派人去调查离这里最近的信号塔，看有没有人去过的痕迹，如果发现敌人格杀勿论。

那个精干的男生记清楚吩咐后就出去了。

门关上后，只亮着一盏日光灯的偌大地下室里就只剩白伊洁一人。

白伊洁缓慢而有节律地呼吸着，将一切精神都集中在思考上。

冠寒的表情语气无不说明他是真的想投靠自救联盟，所以他说的话应该可信……可是他的话还有他知道的事情不都是从陶逸那里转过来的吗？

如果……如果陶逸故意把假的战略告诉给冠寒知道，然后再给冠寒制造逃跑来投靠的机会，那岂不是一个陷阱吗？用反间计布置的陷阱！

可是，陶逸看人也很厉害，他如果是故意设下陷阱，那他肯定知道我会起疑心，而事关重大，宁可信其有，我不可能无动于衷，万一是真的，总部就会沦陷，整个联盟也会马上破灭。

如果我们因为冠寒带来的情报而转移到体育馆里，他会不会早就料到这一点呢，毕竟这附近除了大礼堂外就只有体育馆能容纳那么多人，而且也有照明条件。

会不会……会不会他做的炸弹就放在体育馆上边，等着我们去送死呢？

如果，他没有在体育馆上安置炸弹，那对他下一步计划又有什么样的好处呢？

他的总部现在会不会早就转移了，又会不会是另外一个陷阱？

……

白伊洁越想越觉得无边无际，那种感觉就好比两人在猜拳，对方事先告诉你他等一下会出拳头，原本你出什么都可以，但是他这么一说感觉就完全不同了。

因为你认为他说的不是真话，所以你反而要好好考虑一下要出什么才能避免中圈套，可是光凭这一点就可以延伸出无数的可能，最后悲哀地发现，这种事情就算想破脑壳都不会有结果。

"砰——哒啦！"

全神贯注的白伊洁被这突如其来的声音吓得一跃而起，汗毛倒竖。

侧耳倾听，又听见了黑暗的角落传来"嗖嗖"的声音……原来只是老鼠，刚才他心神一颤还以为……还以为大礼堂已经被炸了呢！

不过这个念头也实在够可怕的，因为如果那是真的，大礼堂倒塌下来，就会把还待在地下室里的自己给活埋。

越想越觉得血液发冷，他拍了拍衣服上的尘土，站起来，然后匆忙走向门口。

不管怎么样，把人员都尽快撤离大礼堂才是目前最紧迫的事情，至于陶逸到底玩的什么把戏，等回头再去弄清楚也不迟。

留得青山在，不怕没柴烧。

完成了新一轮的布置后，陶逸坐在下水道的管道里，手上把玩着一个带天线的小盒子。

这时，一个身材瘦小的男生跑了过来，那是陶逸派出去的侦察兵。

"报告总队长，在监视的井口附近，我没有找到副总队长和另外两个队员！"

陶逸停止手上的动作，挑了挑眼皮，脸上流露出一种古怪的微笑，好像想大笑一场又拼命克制住的样子。

"没有找到他们就对了，他们应该已经开始执行秘密任务了……007，你的表现很好。接下来有另外一个任务派给你。"

"是，队长，请说！"被叫做"007"的侦察兵点头道。

陶逸现在给每个指派任务的人都使用编号，方便记忆，而且互相之间也不用问名字，可以提高行动的效率。

"你到水库那里的A点去看看炸弹装好了没有，装好后就让前锋队长发信号弹，其他人看到信号弹马上撤

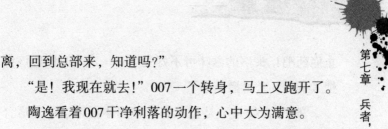

离，回到总部来，知道吗？"

"是！我现在就去！"007一个转身，马上又跑开了。

陶逸看着007干净利落的动作，心中大为满意。

007跟他一样，也是大一新生，因为个性自卑常常被同学看低，陶逸知道007心里肯定十分压抑，渴望表现自己以求得到别人的肯定，所以才指派了侦察兵的任务给他，他一定会受宠若惊，拼命地去完成任务。

陶逸虽然跟自己手下这些队员不是每个都认识，更不可能对每个人都了解，但是从见到他们那一秒开始，他就开始用带有分析和推测性质的目光去观察这些人，结合他们的表现等，确定他们的个性和心理以及在战争中可能发挥的作用，在这个前提下用兵，才能最大可能地接近胜利。

慕容冠寒……陶逸认识他不久后就给他取了个"墙头草"的外号，虽有讽刺挖苦的意思，但却体现出陶逸过人的洞察力。

想到慕容冠寒，陶逸不禁又露出了那种古怪的微笑，心道："孙子云：兵者，诡道也……墙头草，你把战争想得太单纯了，自己被骗去当'反间'说不定还沾沾自喜呢……

"哈哈，欧巴桑那个家伙，现在一定很想去买一瓶止痛药吧！头疼的滋味可不好受哟……这个时候应该都把人从大礼堂里撤出来了……

"哼哼，如果不是把人都转移到体育馆，第二适合的地点就是体育馆外边的足球场了……这两个地点位置都离水库北面 A 点的斜坡不远……只要把水库上那两个蓄水池的外壁一炸，坡下的人就会被水给冲走……而我的团队只要在那之前转移到高地就行了……要当我的对手，你们还太嫩了，哈哈……"

十五分钟后，007 回报：水库 A 点的炸弹已经布置完毕，信号弹已发，外出的队员正在快速撤回。

"传令下去，现在全队往南方转移！"陶逸用最激动的声音发号施令，同时按下手上遥控器的按钮。

这个遥控器是用来启动手机炸弹上的倒数程序的。

十分钟……十分钟后炸弹就会爆炸！

情侣大道。

倏然，身后传来"刷啦"一声，凌寂随即听到了牛仔裤"虫草"发出一声惨叫。

转过身来，凌寂看到了一身黑色长袍在"虫草"间舞动起来——艾霖！

艾霖的长剑已出鞘。

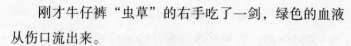

刚才牛仔裤"虫草"的右手吃了一剑，绿色的血液从伤口流出来。

转眼的工夫，艾霖的长剑切断了两个"虫草"身上的植物，砍伤了三个"虫草"的身体。其他"虫草"见艾霖的长剑锐利，步法如风，都惧怕得不敢近前。

艾霖用长剑竖在身前做出防御状，头也不回地说道："云箭、凌寂，这里有我挡着！快离开！"

"艾霖，我们怎么可以留你一个在这里，太危险了！"云箭看着艾霖的背影，"我跟你一起对付这些家伙吧。"说着从掉到一旁的背囊里找出刀子，转向凌寂，"社长，你先走吧！等解决完这帮家伙我就会赶过去的！"

"废话少说！"艾霖没拿剑的那只手冷不防地往后一戳，云箭的胸口被推了一记，难受得咳嗽一声。艾霖吆喝道，"别给我添麻烦！"

"艾霖……"云箭无言以对。

"云箭，我们走。艾霖，你小心！"凌寂见艾霖如此决然，对云箭使了个眼色，然后奋力向后跑去。

艾霖也跟着退后进行掩护，有几个"虫草"想追都被他的长剑给击伤。

跑出二十多米远，拐弯的时候云箭回头瞥了一眼，只见艾霖被剩下的几个"虫草"给缠住了，他正在试图突围而出，只是很快又被堵了回来。

眼眶一热，云箭真希望像叶吟说的那样，艾霖就是个吸血鬼，而且是可以变成蝙蝠的吸血鬼，这样一来，就可以马上变成蝙蝠飞走了。

五分钟后，凌寂他们回到了一号保健室门口。

还没进门，他们的脸色都变了，因为听到了二楼传来撞门的砰砰声。

云箭试着去扭动门把，大门竟然没反锁，一推就推开了。

云箭和凌寂先后进门，映入眼帘的是地板上横着的两具尸体。

慕容飘零变成"虫草"后浑身是血的尸体，刘医生被吸干血肉，浑身是洞的干尸。

慕容飘零是失血过多而死的，伤口在腹部，他手上拿着一把手术刀，看来是他自己把腹部长出来的植物给割断，失血过多而死。

也就是说……他是自杀而死的！

然而，刘医生的身上有好几个血洞，可见是"虫草"所为。

保健室里原来有刘医生和叶吟两个正常人，还有林木和慕容飘零两个"虫草"，现在刘医生和慕容飘零的尸体在这里，那楼上的……

"叶吟应该在上边！"凌寂说着冲上楼梯。云箭紧随其后。

二楼的走廊上，有一个体形庞大的"虫草"正在用身体去撞其中一个房间的门。

那个"虫草"正是林木，他的左腿应该已经瘸了才对，但是云箭和凌寂看到他的时候，他却是站着的。

因为他左腿长出的植物压到地上弯曲起来，起到了类似义肢的辅助作用。

林木见到有人上来，一点也不吃惊的样子，反而对着凌、云两人咆哮起来。他两眼发白，手脚长出了绿色的刺针，刺针上有血。

"叶吟，你是不是在里边？"云箭对着被撞房间的门叫道。

"是！云箭！我在里边啊！"门内传来了兴奋的回应声。

"你等着，我们马上就来救你！"云箭朝着林木大喊一声，抓起走廊上一个花盆朝林木砸过去，林木被砸中，发出一声痛苦的吼叫。

随后，云箭又抓起放花盆的那个木架当武器，冲过去对着林木劈头盖脸地敲打，林木用手去挡，被云箭逼退到一边。

这时，凌寂敲门，道："叶吟，你可以出来了！"

门很快就开了，辫子有些散乱的叶吟探出身来。

凌寂本来以为他会抱怨或斥骂自己，但是叶吟却拽着凌寂的袖子，一本正经道："凌寂，图书馆……解除危机的办法也许就在那里！"

"社长、叶吟，我在这里挡着这家伙，你们先走吧，我摆平后就会赶去图书馆的！你们不用管我！"大概是先前受到了艾霖的影响，云箭显得格外英勇无畏。

"耍什么帅啊！你先顶一下，我马上来帮你！"叶吟说完就急忙跑到隔壁房间去了。

不到一会儿，叶吟从隔壁房间里搬出来一个很大的塑胶瓶，里边装着液体，很重的样子。

打开瓶子，叶吟把里头的液体倾泻到走廊地板上，凌寂顿时闻到一股浓烈的酒精味，然后叶吟将空瓶子一扔，对着云箭背后叫道："云箭，快退回到我这边来！"

云箭迅速退到了叶吟身后。

叶吟从身上拿出一个打火机，打着火往地上一扔，走廊中间顿时升起一团大火，拦住了林木的去路。

随后，凌寂和云箭脱去防毒面具和防护服，三人离开保健室，拐入小路，朝着百米远的图书馆大步跑去。

路上，叶吟快嘴快舌地跟云箭和凌寂讲述他们走后保健室里发生的事情。

首先是叶吟被带到一楼的房间里协助刘医生做研究。

刘医生做了几个实验后，得出一个结论，那就是蛊人蜂之所以放过叶吟，原因是叶吟的身上洒了香水——一种以梧桐提取液为原料的香水。

这种植物味道的香水可以迷惑蛊人蜂，让蛊人蜂把喷了香水的人当植物对待，所以喷了植物香水的人不会成为蛊人蜂的目标。

刘医生做实验太过入迷，忘了病床上还有两个病人需要照顾。

植物从慕容飘零的肚子里长出来后，慕容飘零当时大概是被吓坏了，没有发出任何声音。也不知道他是怎么挣脱了绑着他的尼龙带，刘医生出门去拿东西的时候，才发现他已经拿手术刀割断了自己身上的植物，失血过多死掉了。

当刘医生去查看飘零尸体的时候，发现林木的身体也发生了变化，手脚长出了刺针。

刘医生正想去研究刺针是什么，却没想到林木忽然发力将身上的尼龙带扯断，从床上跳起来，手上的刺针冷不防扎进了刘医生的胸口。

那时，听到惨叫声的叶吟从门后探出头来，看到刘医生被杀那一幕，心里惊恐万分，搁在平时，歇斯底里症早发作了，但是今天遇到的事情太多，他的心理承受力也因此提高了不少，所以反而冷静了下来。

好在林木杀死刘医生后在外边专注地吸食刘医生的血肉，叶吟还有时间自救。

想要逃出去是不可能的，因为林木就在外头挡着，跑上二楼是唯一的生路。

刘医生的钥匙就在房间里，可是，当时叶吟的手是被绑在背后的，就算拿到钥匙也开不了通往二楼的铁门。

接下来的十多分钟里，他靠生锈的铁板把绳子给磨断，然后拿着钥匙冲上二楼，林木闻声扔掉刘医生的尸体跑去追他。他急忙跑到二楼中间那个房间里关上门，反锁起来。

房间里的窗户装上了防盗网，叶吟没办法逃到外边去。还没想出其他办法，林木就开始撞门了。

幸好凌寂和云箭两人回来，这才给他解了围。

"图书馆是怎么回事？"凌寂问道。

"那是刘医生说的。刘医生在做实验的时候跟我说，他发现蜇人蜂身上的绿色素跟他过去分析过的一种

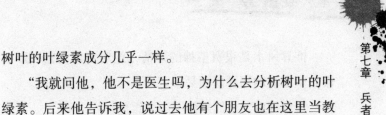

树叶的叶绿素成分几乎一样。

"我就问他，他不是医生吗，为什么去分析树叶的叶绿素。后来他告诉我，说过去他有个朋友也在这里当教授，是教生物的。那朋友对'永恒之树'很感兴趣，对'永恒之树'进行了一系列研究，因为有一次没有实验室可用，就请刘医生帮忙分析了一下他带来的树叶标本。

"因为平时的工作中很少有机会分析树叶标本的成分，所以刘医生对分析的结果印象比较深。我问他那个朋友研究出了什么结果，刘医生说他不知道，他没有参与朋友的研究，只是帮了一个小忙而已。

"他朋友一年前就去美国哈佛大学当副教授去了，研究资料估计也带走了。不过刘医生提到，当时他朋友从图书馆借了本书，好像在上边留下了不少笔记。我请他回想那本书叫什么名字，最后他想起来了，说叫《植物怪奇见闻录》。

"我的直觉告诉我，那本书里也许有帮助大家恢复人形的方法。所以我觉得当务之急就是去图书馆把这本书给找出来！"

听完，凌寂没有说话，想集中精神去推算图书馆的方向是否有利，可是却怎么也算不出结果来，因为今天进行了太多次风水推算，精神已经达到极限了。

推算风水是很费精神的事情，绝对不像文艺和影视作品中所演的那样轻而易举。

几分钟后，他们来到了图书馆前。

图书馆是一栋哥特风格的建筑物，主体有三层楼，主体右边有一座六层楼高的钟塔。

图书馆的窗户灯光明亮，大门敞开，大厅里还有检卡门，不用借书证去刷，栏杆是不会放下的。

三人都没带借书证，但是没关系……他们只要抬一抬腿就可以迈过才一米多高的电动旋转栏杆。

他们冲入楼梯道就一路拾级而上，叶吟从凌寂口中也知道了自救联盟的事情，如果不快点找到让"虫草"们恢复人形的办法，死亡的戏码还会不断上演。

现在时间就是生命！

不过，因为爬楼梯爬得太快，他们并没有注意到，在他们的身影从走廊的楼道转角消失后，地板上出现了一些条状的黑影，它们蠕动着，迅速聚集起来。

那些黑影纷纷抬起头，望向上楼的阶梯……

水库堤坝上。

红色的信号弹升上天空后，前锋队的队长黄山大声叫喊，让所有出动的人员全都撤退。因为时间紧迫，来

不及集合清点人数了。

其他队员通通从堤坝的石阶上下去的时候，有个编号13的男"虫草"还在蓄水池前忙活。

炸弹按照总队长指示，埋在蓄水池前方水管密集的外墙下边的土壤里，埋好之后，队长黄山就不允许任何人去碰了。

可是，13却觉得炸弹放在那种地方非常不妥，因为刚好有一条水管漏水——只是间断的水滴，流量很小，但是夜以继日地渗透到泥土里，已经让附近的泥土都变得泥泞起来。

硝酸盐放在木箱子里，埋在那里很容易使硝酸盐受潮，时间一长可能导致炸弹失效……那总队长整个计划就会被破坏！

13向黄山提过意见，可是黄山置之不理，还挖苦说不用他来教自己这个队长怎么做。

13可不愿意就这么放弃了。

所以，趁着众人忙着撤退，13悄悄留了下来，然后用手挖出了土下的炸弹，粗略检查了一下，发现木箱外壳已经湿了，好在只有外壳受潮。

这时，他抱起炸弹，想搬到另外一个干燥的地方，把炸弹重新埋下去。

但是，抱着十几公斤的炸弹走路，对身材矮小的13来说实在不是一件容易的事。

走出十几步后，13脚下忽然一滑，整个身体朝右倒去，他"哇"了一声，随即连人带炸弹，一起从堤坝的斜坡上滚了下去。

翻滚的整个过程中，13只觉得大脑一片空白，等躺在坡下稍微恢复了神志后，他看了看四周，这才知道自己已经在斜坡下边，心中顿时大急——炸弹到哪里去了？

他想爬起来去找炸弹，可是却发现自己的右上臂和左小腿的骨头似乎都断了，身子一动就痛得要命。想喊同伴来帮忙，竟发现下巴也脱了臼，根本说不出话来。

他心里大骂自己自作聪明，不知道该怎么办才好，急得眼泪都涌出来了。

其实炸弹离13并不远，只有四五步的距离而已，只是炸弹掉到了堤坝闸门前边的凹地里，所以躺在地上的他才看不到。

经过这么一摔一滚，炸弹的木箱外壳已经出现了裂痕，不过里边的手机依然完好无损。刚才翻滚的时候，刚好触到了手机的按钮，所以手机屏幕亮了起来。

屏幕上的数字依然在倒数。

1：34、1：33、1：32……

第八章　破军星

一群高大敏捷的年轻人，手拿棍棒、尖刀、铁铲等可以当武器的东西，风尘仆仆地跑来。

欧阳行烈带着大队人马赶到情侣大道的时候，只见路上倒着十来个"虫草"，有伤有死；而一个穿着黑色长袍的男子挥舞着长剑正在跟几个"虫草"战斗。

虽然那个男子戴着面具，但是欧阳行烈还是一眼就认出他来，那是艾霖。

听到嘈杂的脚步声，艾霖也发觉有另外一群人过来了，他退后一步，看到领头的人是欧阳行烈，冷笑一声，道："欧阳，来得正好，剩下的就交给你了。"

"艾霖，你别走！你在这里干什么？"欧阳行烈朝前冲了两步就没再继续了，因为艾霖话音刚落，人就往旁边的草丛里一跳，只见长袍如同尾巴一样一甩一抽，不见了人影。

"主席，我们去追吧！"有人提议道。

欧阳行烈摆摆手："算了，在晚上你们是追不上他的。"说完，把目光转向吓得不知所措的几只怪物，下令道："去把那几只怪物包围起来！"

众人一拥而上，将那几只筋疲力尽的"虫草"给围到圆圈内，只等欧阳行烈发出号令，就会将"虫草"一举歼灭。他们一路赶来，途中遇见小规模聚集的"虫草"也是用这种方式消灭的。

不过，这次欧阳行烈却没有大喊"格杀勿论"，反而叫大家把那几只"虫草"给捆起来。

"你们的头目是谁？在这里埋伏有什么目的？"欧阳行烈逼视着跪在他面前、被绳子捆住的几只"虫草"。

"虫草"们面面相觑，一声不吭。

"还嘴硬！"欧阳行烈一脚朝一个"虫草"胸口踹去，那个"虫草"惨叫一声歪倒在地，随即吐血身亡。欧阳行烈又望向另外一个"虫草"，阴沉着脸说："第二个！"

第二个"虫草"心里害怕得不得了，坚持不住，涕泪纵横，一口气把组织里的事情都给交代了。

听到慕容冠寒和陶逸组织起"虫草"的"希望游击队"，而且已经进行了战略部署，欧阳行烈心中有些不安起来，只见他两眼一瞪："还有呢！你们为什么跟艾霖冲突起来？"

"艾霖？我……我不知道谁是艾霖……"那个"虫草"老实回答。

"就是用剑那个家伙！"

"他……不认识……他不是我们组织的人！刚才有两个穿着实验服戴防毒面具的人经过，我们包围他们……后来那个、那个用剑的家伙半路杀出来，挡住我们，让那两个人给逃跑了。"那个"虫草"战战兢兢地说，生怕欧阳行烈一不满意就把他的头给拧下来。

"穿试验服戴面具的那两个人有什么特征？有听到他们互叫名字吗？"

"……看不到他们的脸，所以不知道，不知道他们有什么特征。但是……但是有听到他们互叫名字，其中一个自称是学生会副会长凌寂，另一个好像叫……"

那"虫草"想了几秒想不起来，急得满头大汗，这时另外一个"虫草"补充道："我记得，好像是叫云箭！"

"凌寂和云箭……还有艾霖……"一团阴影爬上欧

阳行烈的眉宇间。

"他们往哪个方向跑了？"

"虫草"们一致指着凌寂和云箭逃跑的方向。

"第三中队，你们把这几个怪物带回总部去，向副主席汇报情况，把这几个怪物交给他审问。剩下的人跟我去追！"

欧阳行烈下了命令后，一队人马就把"虫草"给押回去了，他正准备带着其余部下去追赶凌寂和云箭，这时却听到有人在后边喊自己的名字。

一个人从后方跑了过来，穿着白色上衣，原来是传达兵。

"有什么事？"欧阳行烈问气喘吁吁的传达兵。

"报告主席，这是副主席的急件。"传达兵说着，把一个信封交给欧阳行烈。

欧阳行烈把信封撕开，看了里边的内容后，脸色瞬时大变。

总部有危险，速回！——白伊洁字。

"总部到底怎么样了？"欧阳行烈一把揪住传达兵的衣领。

传达兵当即吓得脸都白了，颤巍巍地说："报告、报告主席……我也不清楚，只是现在副主席把总部的人都撤了出来，好像要转移到其他地方去。"

"想转移总部吗！那家伙在搞什么鬼！"

在困惑和担忧的双重压力下，欧阳行烈来不及多想，只好立即带着人马以最快的速度撤回总部。

半个小时后，回到大礼堂正前面的空地，然后看到大礼堂内的人都拥到了门外，并且按照编队井然有序地向同一方向撤离。

传达兵带欧阳行烈找到了在人群中忙着指挥的白伊洁。

"白副主席，你给我汇报一下，这究竟是怎么回事？"欧阳行烈打着官腔说。

"刚才冠寒来找我，跟我说了一些情况……"白伊洁的语气有些沉重。

"冠寒！"欧阳行烈意外地说，"那家伙不是跟小魔怪联合起来组成了个什么狗屁游击队，要跟我们拼命吗？他来找你干什么？"

"你从哪里听到的消息？"白伊洁也有点意外。

"就是垃圾游击队的成员说的。"欧阳行烈让人把先前抓到的那几个"虫草"带了上来。

通过简单的审问，白伊洁确认了慕容冠寒提供的部分情报，接着他把旁人支开，把慕容冠寒投靠己方和陶逸的战略方针告诉欧阳行烈。

欧阳行烈越听越心惊，没想到陶逸竟然还有这一手……一直以来都太小看那个好色搞怪的小鬼头了！

"现在要把人都撤到哪儿？"

"足球场，那里比较开阔，不怕被埋伏。"白伊洁回答。

"好！你留在这里指挥，我到足球场那边整合人员！——他妈的！事情越来越有趣了！哈哈哈……"

欧阳行烈仰天大笑，似乎很兴奋的样子，然后带上部下马不停蹄地赶往足球场。

由于白伊洁的指挥工作十分到位，两千多人只用了二十分钟就尽数转移到了离大礼堂三百米远的足球场上。

最后，物资搬运过来后，欧阳行烈让人给出动过的人员分派水和食物。

感觉肚子不怎么饿，所以白伊洁只拿了一瓶矿泉水，从刚才指挥到现在，嘴巴都没停过，喉咙实在很干。

就在大家稍作休息的时候，北方不远的山坡上忽然传来"轰"的一声类似爆炸的闷响，震得众人耳鸣发晕。

受惊的白伊洁一口水含在嘴里，还没来得及吞下去，水就从咧开的嘴角流下来，顺着脖子弄湿了干净的西服。

如果在平时，他早把弄湿的西服脱下来了，因为他无法忍受在众目睽睽之下穿着被弄湿的衣服，可是现在他却完全没有那个心情。

那双明亮的眼睛已经失去了一切神采。

从爆炸声传来的方位他已经推测到，发生爆炸的地点应该是那里……原来、原来这才是陶逸隐藏的杀招！

"陶逸，想不到你……真是棋高一着，棋高一着啊！"

骤然，爆炸声消失的方向，响起一种气势宏大的声响，铺天盖地，宛如蝗虫过境，又似万马奔腾……

凌寂、云箭和叶吟三人走进三楼走廊的时候，周围寂静得只听见他们的脚步声。

三楼的图书室里没有半个人影，大概是因为听到学校出现怪物的消息，图书馆里的人全都逃命去了。

日光灯和电脑都开着，叶吟跑到电脑前，找到图书馆的管理软件，输入《植物怪奇见闻录》的书名进行搜索，很快便查到了这本图书，位置：19号书架，第三排第二格。

图书馆里只有这么一本图书，而且幸运的是，这本图书并没有外借。

它现在应该好好地待在书架上。

云箭留在门口把风，凌寂和叶吟分头去找19号书架。

"找到了！找到了！我找到了！"叶吟突然兴奋不已地叫起来。

凌寂走过去，只见叶吟已经找了张桌子坐下来，把书放到桌面上，然后坐到旁边开始翻找图书目录。

凌寂站到叶吟身边不远的地方，没有出声打扰，也没有询问，只是静静地等待着。他知道，在搜寻文字信息这方面，老是嚷嚷着要找小说素材的叶吟无疑最为拿手，用不着自己啰嗦。

从目录上，叶吟果然找到了一个用红笔写下的记号，圈着的标题是：植物的灵魂。

翻开那个标题所在的页码，叶吟快速浏览起来。

1966年2月的一天，美国中央情报局的测谎仪专家克里夫·巴克斯特一时心血来潮，把测谎仪的电极连到了一株天南星科植物——牛舌兰的叶片上，并向它的根部浇水。

当水从根部徐徐上升时，他惊奇地发现：测谎仪的电流计并没有像预料中那样出现电阻减小的迹象，在电流计图纸上，自动记录笔不是向上，而是向下记下一大堆锯齿形的图形，这种曲线图形与人在高兴时感情激动的曲线图形很相似。

……比如，当他假装要烧植物的叶子时，图纸上却没有这种反应。原来，植物还具有辨别人真假意图的能力。

……巴克斯特曾当众将一只蜘蛛与植物置于同一屋内，当触动蜘蛛使其爬动时，仪器记录纸上出现了奇迹——早在蜘蛛开始爬行前，植物便产生了反应。显然，这表明了植物具有感知蜘蛛行动意图的超感能力。

……于是，麦克·弗格大胆地提出，植物具备心理活动，也就是说，植物会思考，也会体察人的各种感情。他甚至认为，可以按照不同植物的性格和敏感性对植物进行分类。

……专家们还发现，植物具有非凡的辨别能力，能够窥测人细微的心理活动，从而判断出人是否在说谎。

……沃格尔指出，用人的标准来衡量，植物是瞎子、聋子、哑巴。而人可以而且也做到了与植物的生命沟通感情。植物是活生生的物体，有意识，占据空间。

这是比较具有科学实践性的上半篇，但是后半篇就扯到趣闻轶事上去了。

人类的行为可以影响植物的感情和意识，但是，植物自身是不是能反过来影响人的感情和意识呢？

1882年冬天，莫斯科一个叫威卡茨尔的小镇发生了一件奇怪的事情。有一个青年农民名叫布卡，有一天他跟人打架打输了，心里憋气，半夜跑到地里，拿起镰刀对着苹果树乱砍，以此发泄自己的郁愤。

第二天早上，他是被噩梦给吓醒的，梦中他被人砍了很多刀，全身冒血……后来连续半个多月，他都梦到类似的情形，最后精神崩溃，用镰刀割喉自杀了。

……那个在温室里践踏番茄幼苗的小男孩，后来趁家人不在的时候，莫名其妙地跳到温室外的蓄水池里给淹死了。

……放火焚烧了树林的嫌疑人叫汤姆，当芝加哥警方找到他所住公寓的时候，却被早一步到达的消防局的人带去医院检查死者的齿模——一天前下午三点公寓发生火灾，汤姆被困在火场里出不来，最后成了一具烧焦的尸体。

　　翻阅者的随想手记是用红笔小字写在页面空白的地方，叶吟将这一部分念了出来——

　　"人类一直以为只有自己才能思考，才有感知，才会创造……人类在分析自己和比较异类的同时，是不是带有自大的主观意识？

　　"如果植物有情感和意识，那么植物也一定会有灵魂，而且并非是人类目前所能定义的那种灵魂……

　　"假设灵魂是一种力场，一种能量，如果一株植物的灵魂能量体异常强大，那么跟它有关系的人身上应该会体现出明显的影响……

　　"研究才开始，我就感觉事情并不寻常，我的记忆经常出错，而且往往是我写完研究报告之后才恍然惊觉，错的都是一些生物学的基本常识，实在让我感到无法理解……

　　"把分析叶绿素的工作托付给老刘后，研究工作终于有了新的进展，'永恒之树'的叶绿素里竟然有一种生物活性成分，通电后可以分解成气体，这种气体对人的神经系统有很强的干扰作用，甚至可以导致大脑产生幻觉或梦境……

"'永恒之树'这棵千年老树身上的奥秘，以现在的科学水平还无法解开，我想我需要去国外进修一段时间，如果回来后我还有时间和热情，再继续这个项目的研究吧……"

听到"梦境"这个字眼出现，凌寂又想到了之前宋凯命不该绝却还是死在了自己面前，脑海中蓦然灵光一现……

"我明白了!"

当凌寂说出这句话后，还没来得及解释，就忽然听见"砰"的一声，图书室的门给关上了。

"社长，门外有好多'虫草'啊……至少有二十个，他们全都拥上来了!"云箭说话的时候手脚也不闲着，推桌子把门顶住后又去推书架加一层保险。

很快，外边就传来了撞门的声音。

"不用担心，门很厚实，他们一时半会闯不进来的。"凌寂镇定地说，"我们可以爬上天花板，从天窗爬到屋顶上，再从屋顶进入隔壁的钟塔，从钟塔下去。"

"那我们接着去哪里?"云箭问道。

"上去再说!"凌寂神情威严。叶吟想问凌寂刚才到底明白了什么，见凌寂这样的态度又不好开口了。

　　三人找来图书室里用来取书架高层书籍的两脚梯，云箭和凌寂扶着梯子，让叶吟先上去，叶吟上去后用手顶开天花板夹层的木板，露出一个方形孔穴，第一个爬进去。

　　第二个是凌寂。

　　凌寂才刚上了一小步，骤然听到"轰隆"一声闷响，好像来自学校北面。

　　不知道那边到底发生了什么事情，凌寂思绪浮动，但没有表现出来，停了一下就又继续往上爬，爬到一半的时候，怪异的声音又出现了，而且这一次冲击性更大："哗啦——刷！啪啦……"

　　接着，书架突然晃动起来。整个图书馆也开始微微晃动。

　　楼下传来气势汹汹的流水声……越来越清晰！

　　流水声加上刚才的爆炸声，凌寂的脑海里浮现一个惊人的猜想：堤坝的闸门被炸，导致水库决堤，大水侵入校园！

　　叶吟跑去天窗看楼下的光景，然后慌慌张张地跑回来对天花板下边的两人喊道："楼下好多水啊！哇，水位升得好快，已经淹到二楼了！"

果然……凌寂不再多想，叫云箭不要乱了阵脚，然后继续朝上爬去。

水位上涨的速度快得超乎想象，因为图书馆所在的地势是整个校区里最低的，位置又是学校中心……四面八方的水都朝这里涌来！

转眼间，图书室的大门就被强劲的水流给冲开了，在门外撞门的那些"虫草"也被水流带了进来。

不到一分钟的工夫，大水已经淹没了地板，水位高到云箭的大腿，两边的书架因为水的浮力和冲力，开始摇摆起来，眼看就要倒下来砸向两脚梯，云箭赶紧伸出右脚跟一只手，将两个书架给顶住。

这时，凌寂已经爬到了两脚梯的顶端，只要再跨上一步就可以进入天花板夹层。

可是万万没有想到，就在凌寂两手已经伸进方形孔穴，要把下半身也拉进去时，忽然有一双手抓住了他的左脚。

低头一看，竟然是一个二十岁左右的男性"虫草"！

凌寂用力去蹬，"虫草"却抱得更紧，怎么也挣脱不了。

云箭看在眼里却爱莫能助，两个书架已经压得他动弹不得，如果他放手的话，沉重的书架会把两脚梯砸翻，到时候别说凌寂会落水，自己也会被沉重的书架给压到水下。

叶吟赶紧过来抓住凌寂的双手，想把凌寂给拉上去，可惜那双平时只会打字的手明显力气不足。

"仔细听好！"凌寂看着近在咫尺的叶吟，迅速说道，"从早上到现在所发生的一切，其实全都是梦境——一个集体的梦境！制造这个梦境的是'永恒之树'的生命意识，它知道学校的扩建计划会对它进行砍伐，所以它的树叶中散发出一种特殊气体，随着雾气侵入校园，影响了我们的大脑，让我们的意识进入到这个逼真的梦境里来……想要逃出梦境只有一个办法！"

说着，他一手伸进衣领里，扯出一个拴在红绳上的椭圆形金属坠子。黄铜质地，图案隐晦，颜色灰暗，看起来已经很古老了。

凌寂把这个坠子塞到叶吟胸前的口袋里，道："这是我的护身符'破军星'，能够克制任何非人类的灵体——把它插进'永恒之树'的树皮里就可以让所有人都摆脱这个梦境！你必须找到'永恒之树'倒下的位置，正东方！"

"可是……可是我不会游泳呀……"

"不用担心！你命中属水，这件事情最后注定是留给你解决的，因为水生木，木属东方。去吧！水会帮助你的！啊——"

凌寂忽然被"虫草"拖下去了，叶吟看到水里冒出了一串大小不一的气泡，接着大水漫上天花板夹层，叶吟只好爬出天窗，跑到屋顶上。

从屋顶进入到隔壁钟塔上，叶吟环顾四周，整个校区都被淹没在水泊之中，耳边除了水声还是水声。

蓦然感觉水里有东西让自己脊梁发冷，叶吟定睛一看，只见无数浮尸漂流而过……

下水道中。

陶逸带着其他"虫草"往北边转移，因为北边是山坡，位置比较高，不会被水淹到。

"啊，总指挥，有水！"有个"虫草"报告道。

"哪里有水？"陶逸转过身，然后往回走，来到那个说话的"虫草"身边，只见那"草虫"指着头顶的井盖，井盖的两个小孔在滴水。

陶逸两眼瞪直……真是奇怪，都走到这里了，应该不会被水淹没才对，因为这里的地势是比较高的，至少要五十个蓄水池里的水量才能淹到这里来。

糟了！一定是出去办事那帮家伙把炸弹放到水库的

堤坝闸门前，把闸门给炸掉，造成决堤，所以引发了大水。

那群家伙真是靠不住，明明这么简单的事情却被他们给搞砸了，人算不如天算啊！

"总指挥，下水道里的水位好像变高了。"又有一个"虫草"报告。

陶逸更是确定水库决堤了，而下水道那么多个井盖，不可能每一个都是盖好的，所以就会有水从井口往下灌，而且大水淹没了房子，也会从排水管道往下水道灌进来。

陶逸苦笑了一下，长长地叹了口气，道："郁闷！我想，我们接下来很可能要变成浮游生物了。大家，各安天命吧！"

叶吟也不知道过了多久，自己回过神来的时候，感觉寒风扑面，不由得两手抱胸，打了个冷战。

站在钟塔上，叶吟望着几乎整个被一片黑色大水淹没的校园，还有在水面上漂动的各种物体，心里有一种不真实的感觉。

对了，凌寂先前说，从早上到现在发生的一切全都是梦境，而且还是大家一起做的梦境？

　　叶吟抬起有些僵硬的右手，然后用力在左肩上狠狠捏了一下，又用力地扇了自己一巴掌……哎呀，好疼！明明有痛觉啊，怎么会是梦呢？

　　他一开始还有些半信半疑，因为很少有梦境能够逼真和复杂到这种程度，但是在他心底还是愿意相信眼前发生的一切都是梦境，而大家全都没有死，只是睡着的时候梦到自己死了而已。

　　忽然，叶吟想起了昨天做的那个梦，真的跟眼前看到的情景十分眼熟，或者梦境早就预言了今天所发生的事情。

　　呃，好像不应该是说今天所做的另外一个梦，前一个梦预示着后一个梦，或者根本就没有前一个梦，只是在这个梦中的自己以为昨天有做梦……啊呀，真是越想越复杂，现在不是探讨这种事情的时候。

　　他左手手掌摊开，然后看到凌寂交给自己的那个叫"破军星"的吊坠。

　　如果凌寂说的全是真的，那么按照他的话去做应该没错，他说过水会帮自己找到"永恒之树"的位置。

　　叶吟只记得前一个梦里，自己是在水里划船，可是学校里怎么会有船呢？

　　"咯噔！"

这时，右前方忽然传来一个撞击声，声音离叶吟只有几米远，吓了他一大跳。

原来，水里漂来一个东西，撞上图书馆的屋顶，被卡住了。

那个东西就是图书馆里的大木桌，大木桌是翻转过来呈四腿朝天状的。

叶吟顿时有了灵感：这张大木桌不就是一条小船嘛。

于是，叶吟又从钟塔跳到了图书馆屋顶，然后将大木桌拉过来。大木桌因为有抽屉的隔板，所以浮力很强，即使人坐在上边也不会弄湿衣服。

叶吟试着坐了上去。

虽然只要用脚去蹬屋顶的瓦片，就能将"小船"给推回水中，但是还需要"船桨"才方便在水中行驶。

这时，又有一个东西漂了过来，那是一块白色的告示牌，上边有四个字：保持安静。

正好，可以拿来当船桨。

叶吟拿来"船桨"，让"小船"入水，试验了好几次才终于掌握到控制"小船"前进的技巧。

因为是夜晚，他无法分辨出东方在哪边，只能随着水流划船，这样比较省力。

叶吟看到偶尔漂过来的浮尸就会赶紧闭上眼睛。

他隐约记得昨晚做的那个梦里，好像有一个非常可怕的"高潮"，那个"高潮"让他在大汗淋漓中醒来。

如果昨晚的梦会在今天被证实，那么接下来自己可能会遇到危险。

他有点累了，然后看见有一个通信塔的顶端在前边不远的水面上露出来，于是就把船划过去停靠，想要暂时休息一下。

哪里想到，通信塔的天线后边，竟然藏着一只苟延残喘的"虫草"，而那只"虫草"看到叶吟，自然把他当成了最后的食物。

一不注意，"船桨"被"虫草"给抓到了，幸好叶吟够机敏，用"船桨"把"虫草"给拖到水里，然后拿"船桨"当武器将那只"虫草"打入水里，直至其沉入水底，没有再浮上来。

叶吟怕还有危险，赶紧将"小船"划开。

盲目地在水中滑行了很长一段时间，他终于看到了"永恒之树"。"永恒之树"已经倒下，它正漂浮在水中，因为太重的缘故，几乎没怎么移动。

叶吟从口袋中掏出"破军星"，两眼迸射出希望的光芒。

只要将"破军星"插入树干，他就能从这场噩梦中解脱了！

"年轻人……"一个苍老而沉稳的声音在面前响起来。

"啊！谁，谁在跟我说话？"叶吟紧张地东张西望，但是没有任何人影出现，除了眼前这棵大树，周围全是黑色的水域。"难道是你……'永恒之树'？"

"是的，是我在说话。"那个声音回答。

"树，树怎么会说话呢？太不可思议了，简直就像是童话故事！"叶吟惊叹。

"年轻人，你也知道自己是在梦里，既然是在梦里，又有什么不可能的呢？"那个声音点拨道。

"啊，对哦，你这样说倒是没错，如果是在梦里，这反而没什么好奇怪的。"叶吟有点释然。

"我是棵老树，在天地间生长了五千多年，到底是五千多少年，我自己都记不清了，我在这片荒山野岭一直生活得很愉快，很幸福。这里有河水音乐，鸟兽朋友，还有许多树木同伴，我并不寂寞。但是十年前，你们人类却在这里挖空一块山林来建造学校，破坏了我的生活。你们把河水围起来建成水库，把鸟兽都赶入深山野林，每年扩建还要砍倒我很多同伴，最后，连我也要砍掉。我从来没有恨过任何生物，这是我第一次对你们人类有了恨意。"

"啊，所以你就通过制造梦境来报复我们？"叶吟诘问。

"不是报复，我只是想让你们知道，事实上，你们比你们自己认为的还要丑恶，在之前发生的事情中，你们是按照自我意识来演绎的，我没有也无法控制你们的自我意识，那都是你们的选择跟你们的作为。结果你也看到了，就是这个样子，除了你以外，没有人能存活下来。"

"对不起！我们错了，但扩建的事情与我们无关……"

"不，与你们有关，因为扩建也是为你们而扩建的，不是为了其他无关的人。"老树沉吟了一句，道，"我知道你手上有一个宝物，可以克制我的灵体，让我至少在五年时间内无法再恢复意识，但是如果你们依然要砍伐我，我的意识还会苏醒，那时候，或许你今天所经历的一切，就会变成真实的情形。"

"我不会让那样的事情再发生的，我一定想办法向校领导提议，让他们放弃扩建计划！"叶吟笃定地说。

"好吧，如果你能做到，那很好，如果别的人能做到，也不错。"老树幽幽地说，"你清醒后就会忘记这个梦境，忘记我跟你说过的话，但是你的潜意识里还是会深刻地记得你在梦里经历的一切，所以我相信你会按照你说的去做，你心中的信念之力，我可以看得一清二楚……想说的话，我都说完了，你上来完成你的使命吧，我该继续沉睡了。"

叶吟让"小船"紧挨老树的树干停靠，然后将"破军星"塞入老树的一段树皮中。

老树转眼间化成尘土，而黑暗的天空也变成白色，地上的黑水顿时消失无形。

连"小船"跟"船桨"都不见了。

"啊！"叶吟感觉自己的身体开始下坠，急速下坠……

尾声　梦醒时分

清晨五点十分。

看着体育馆后方高耸入云的"永恒之树"，云箭一时兴起，扯开喉咙喊道："我，云箭，是要成为奥运冠军的男人！奥运冠军我当定了！"

喊完，云箭喃喃自语道："还是不行啊，感觉不够热血，是不是因为没有听众，所以少了点气氛呢？"

他摸了摸后脑勺又说："可能跟休息不好有关系吧……昨天上网看《海贼王》新出的两集，很晚才睡，今天脑袋有点沉。"

接着，他从练习室里搬出障碍木栏，准备新一轮的练习。

早上六点三十分。

慕容飘零躺在阳台的白色躺椅上，身上只穿了一条白色的四角内裤。

沐浴着温暖晨曦的同时，他用干净的海绵把新鲜的玫瑰露往自己皮肤上抹。

这时，一阵清风迎面吹来，有一片干枯的玫瑰叶子随风飘落到了他的肚子上。

他凝视着那片暗绿色的叶子，忽然，有一股恶寒从腹部蹿上大脑。

早上六点四十三分。

某宿舍楼的天台上。

陶逸走到老位置，打开背包，却发现里边放着一些平时不会用到的东西。

"信号弹？奇怪……"

不过他没有多想，因为对面的女生宿舍楼里，已经有窗户拉开窗帘了。

他举起望远镜，美好的一天又开始了……

早上八点二十一分。

今天心血来潮想做蛋糕，所以宋凯把储存的鸡蛋和面粉都拿了出来。

就做最拿手的伊斯坦堡蛋糕吧……

忙活了一个多小时后，宋凯把已经成形的蛋糕放进烤箱里。

这时，不知道为什么，忽然很想叫陆旭过来一起吃。

早上八点三十分。

洗脸的时候，白伊洁看着水龙头下水越来越满的脸盆，双手不由自主地颤抖起来。

一股夹杂着失败和恐惧的怪异感觉从心底泛起……

上午九点二十七分。

叶吟揉揉眼睛，掀开被子，他坐了起来。

昨天好像做了一个很长很长的梦，只是记不太清楚，印象中有一个模糊画面：四面都是水，自己坐在一张很大的翻转过来的桌子上，用告示牌当桨向山林的方向划去……

"水里好像有很多恶心的东西……到底是什么？"

叶吟想得脑神经拧成一团，未果，只好放弃。

正要去拿睡衣时他发现手里抓着一个东西。

"这是……这不是凌寂平时戴着的那个东西吗?！怎

么……怎么跑到我手里来了？昨天我根本都没见过他啊。"

一个念头在脑海中爆炸开来……

"我该不会有人格分裂吧？另一个人格有偷盗癖，是这样吗？还是凌寂昨晚来过这里？他来干什么？怎么会这样？谁来告诉我是怎么回事……"

一个月后，叶吟出版了一本叫《童话树林》的幻想小说，讲的是一个自闭少女跟一棵树木之间的奇特情感，因为题材特殊、写法新颖，小说大受欢迎。

叶吟还给校领导每人送了一本签名样书，希望他们能够读懂他想要表现的东西。

不过，说起来叶吟也觉得不解，他明明没有计划写这样的题材，为什么一时心血来潮，仅用了短短一周就完成了呢。

那些灵感到底是从哪里蹦出来的？

上午九点四十六分。

树林一个偏僻的角落。凌寂拿着手机在讲电话。

听筒里，父亲的声音："我知道你没事是不会找我的。说吧，什么事情？"

"这样……"

"学校搞扩建工程，要把那棵千年老树砍掉？这件事学校没通知我。"

"本来……"

"当然不能那么做，北面是突牙山，煞气极重，千年老树枝叶茂盛，吸收了大部分的煞气，砍掉它会让校园暴露在野兽的尖牙下。"

"我也知道……"

"好吧，我这几天找机会去跟投资最大的林校董谈谈，我会尽力说服他放弃扩建计划的……"

结束跟父亲的通话后，凌寂又发了一条短信：

叶吟，十二点二号食堂二楼见，记得带上我的护身符。

半个月后，凌寂的父亲凌天来校找学校领导洽谈，陈述了种种利害关系，最终打消了校领导们扩建校区的计划。

下午五点五分。

陆旭从一个学长那里拿到了学园祭三年来的详细资料。

半个小时后，凌寂来电，说要一起筹办社团的学园祭活动，而且还一来就提出个叫"绿色行动"的方案——真是太阳打西边出来了。

回宿舍的时候经过大礼堂门口，他全身没来由地感到一阵透骨的寒意。

下午五点二十分。

慕容冠寒和白飘飘在树林里约会，在他们拥抱着温存时，有一只蜜蜂从慕容冠寒眼前飞过。

突然，慕容冠寒大叫一声，见鬼似地扔下白飘飘一人，拔腿就跑。

从此，他得了个叫"恐蜂症"的奇怪心理病……

下午五点三十七分。

比赛结束的哨声响起。

76:67。火力队战胜红牛队。

队员们欢呼拥抱的时候，有人发现他们的队长欧阳行烈表现得异常平静，少了以前获胜时的张狂和傲慢，却多了几分成熟和沉稳，让人感觉更加值得信赖了。

殊不知，欧阳行烈心里非常郁闷。

胜利理应值得高兴，只是他感觉好像之前已经享受过胜利的喜悦，再来一次就怎么也提不起兴致来了。

深夜。

里红外黑的披风在夜风中猎猎作响。

站在罗马圆柱顶端，艾霖眺望着月下窃窃私语的森林，一动不动，不知在想着什么……

星座话题之一　UFO

这天中午两点，G市的新闻电视台播出一条爆炸性新闻：东部郊区，昨天夜里有人用家用摄影机拍到了夜空中出现的UFO。

接着电视上开始播放摄影机拍到的珍贵画面：灰蒙蒙、黑漆漆的画面上，有一个圆扁的盘状物在移动，画面有些颤抖，最后盘状物忽然消失掉了，整个过程只持续了一分钟。

看到这则新闻的时候，星座联盟的成员们正在会议室里，然后，他们陆续发表了自己的意见。

白羊座的欧阳行烈："干！那群外星蠢货又来收集情报，要是想开战就快点，别拖拖拉拉！"

巨蟹座的宋凯："外星先生和外星小姐，你们先回家吧，地球现在的污染太严重了，等到污染都被治理好后你们再来好吗？要不然在外地生病了父母会很担心的。"

金牛座的陆旭："那个UFO好……好像我用的那款平底锅……"

摩羯座的凌寂："联合国应该建立宇宙旅游收费制度。"

双子座的慕容冠寒："我高二同学的妹妹的舍友的凯子的表弟的同学的……是××电视台的执行总监，他刚刚给我发来一条短信，证实这个新闻不是花边新闻，因为几大国家电视台都有转播哦……"

天秤座的慕容飘零："宇宙那么大，或许有外星人的存在，但是没有确凿证据也不能完全证实……"

射手座的云箭："好酷，好厉害！如果有机会……真想到UFO上坐坐！"

狮子座的王剑："不错！这是一个很不错的活动主题，下一次我们就办一个跟UFO有关的活动！每个人都要参加！"

天蝎座的艾霖："无聊。"

双鱼座的叶吟："我想，我们可以举行一个召唤UFO的仪式把UFO叫到我们学校来噢，这个仪式具体是这样操作的……"

处女座的白伊洁："你们注意到了吗？它播放的时间分别是三天的不同时间段，第一天……这个细节五点三十分天还没完全黑呢，他哪里拍到这种景象？而且画面还不停地抖咧……（省略一千多字的分析和推论），所以，有百分之九十三的概率是假新闻。"

水瓶座的陶逸："真不好意思哦，我要告诉大家真相，其实那是我昨天晚上扔的一个飞盘，跟我玩的那人没接到，没想到飞到东部去了。"

其余众人："……"

《虫草》读后感

首先，《虫草》的作者是"最后阵地"，有去过7-11的人或许会知道他们店里都会有小本的小说出售，最后阵地的小说就是其中之一。

起初接触到这个作者也是因为7-11，一开始看"神秘侦探社"系列故事的时候，就很喜欢他写的书，也不知道为什么，或许主题是我喜欢的缘故吧。

然后又有看到书的后面有他的新书出版，那本新书就是我现在要说的《虫草》了。

《虫草》是最后阵地的"星座档案"系列的书(应该没记错)，是想以十二星座彼此不同的个性和行为方式来写小说，小说的最后面也会写出当十二星座遇到事情的看法及解决之道。

其实还蛮有趣的，因为他们的角色个性蛮鲜明的。

跟一般的十二星座的个性剖析似乎又不太一样，是作者自己量身打造的十二种个性及专长。

故事大意是说：

有一天，"独角兽大学"里的社团——星座同盟（成

员真的只有十二位，分成十二星座，包括社长）遇上了一件复杂的事情。

宿舍的学生身上居然长出了"树"，而长出树的学生都表示自己曾经被"绿色身体、红色眼睛"的蜜蜂蜇过，然后在被蜇的地方长出了树枝。

而且经检查之后发现，那些树枝会跟"宿主"的血液同化，只要砍断或折断树枝，"宿主"本身就会因为失血过多而死亡。

故事的发展其实很离奇。

先是大部分的学生都被蜇（星座同盟的其中三位称其为"虫草"，原因是因为其原理跟"冬虫夏草"类似）。

其他没被蜇的同学，由星座同盟的其中二位组成的团体来对抗"虫草"。

而星座同盟的成员们，彼此因为"虫草"的出现，纷纷反目成仇：

1. 有两位是对抗"虫草"团体的发起人（一个篮球队队长、一个擅长辩论）。

2. 有两位是联合"虫草"抵制上面二位（一个擅长游说、一个擅长动脑）。

3. 有三位是积极调查"虫草"出现的原因及解决方

式（一个擅长风水术、一个是小说家、一个擅长运动）。

4. 有两位分别变成"虫草"，但不隶属于2号团体（一个被1号的篮球队队长抓住并处死刑、一个因为爱美而砍断树枝血流过多而死）。

5. 有三位比较没有特定的归属（一个是社长，到外地出差；一个是西班牙伯爵之子，曾帮助3号团体对抗"虫草"；一个是4号团体其中一个的好朋友和其好朋友一起被篮球队队长以彼此的头互撞而死）。

"虫草"原本不具攻击性，3号团体的成员也因此积极地想要帮助"虫草"找出复原方法及形成原因（大抵知道是因为那奇怪的蜜蜂）。但是时间一久，他们身上一旦长出如仙人掌般的尖刺，就会开始吃人。

故事的发展其实很长，而且也不好——描述，但是结果却非常出人意料——因为独角兽大学附近的"永恒之树"要被砍伐，而迫使它控制人类的思想，让大家做了一场梦，梦里大家因为不同的立场而自相残杀。书中也提到：植物其实有思想，而且能够知道人类的心思及预先知道人类想做什么，因此，3号团体的成员发现，可以借助"永恒之树"来结束这场噩梦。

看完之后，才发现也许脚边不起眼的一株杂草，也可能会是让我们做了一场噩梦的主因。

如果这种事情真的可能发生，那现在滥砍乱伐的我们，会不会也正做着一场由植物所导致的噩梦呢？

想到就觉得很可怕……

（故事中的人物，好像即使做梦，也会感觉到痛楚，所以更难以用我们常说的"捏捏我或打打我"的方式来鉴定是否在做梦。）

或许叙述得并不是很好，但是如果你想看看十二星座彼此的个性如何，"1"、"2"团体斗智的过程，还有3号团体所依据的研究报告的话都可以看看这个故事。

读者：zxcv8351797（台湾）

星座档案系列《隧道》预告:

一辆巴士在进入一条隧道后,却怎么也出不去,最终车子故障,司机和乘客们只好下车。

星座同盟的社长王剑指挥随行的社员,并且引导着茫然的众人寻找出路。然而,在这条隧道里,一切如同梦境般变幻莫测。

维修通道里的探路队员莫名其妙失踪,饥饿逐步吞噬众人的理智,但是更可怕的事情,还在后头……